MICHAEL DUESBERG

DER POLYGAME ELFENGATTE

MICHAEL DUESBERG

DER

POLYGAME

ELFENGATTE

Impressum:
© 2018 Michael Duesberg

Umschlagbild: www.pixabay.com
Layout, Umschlaggestaltung u. Bildbearbeitung:
Angelika Fleckenstein; spotsrock.de

Verlag und Druck: tredition GmbH, Halenreie 40-44, 22359 Hamburg

ISBN: 978-3-7469-3769-4 (Paperback)
         978-3-7469-3770-0 (Hardcover)
         978-3-7469-3771-7 (e-Book)

Bibliografische Information der Deutschen Nationalbibliothek: Die Deutsche Nationalbibliothek verzeichnet diese Publikation in der Deutschen Nationalbibliografie; detaillierte bibliografische Daten sind im Internet über http://dnb.d-nb.de abrufbar.

INHALT

DAS SPINNWEBMÄDCHEN 6

DER SAPPERLOT-BUB 15

BEI FAMILIE FLUSENFREUND 25

DER ZAUBER 35

DER RING SCHLIEßT SICH 42

DER RAUB 49

DER ANGRIFF 57

HOFFEN UND WARTEN 62

DIE BERATUNG 67

DER ZWEITE ANGRIFF 71

DIE RACHE 80

DIE STRAFE 90

DAS ERWACHEN 94

NAMEN 100

DAS SPINNWEBMÄDCHEN

(Jahr 1)

Pfui Kuckuck, wie der Speicher wieder aussah! Überall Gerümpel und Staub. Selbst die Wege zwischen dem Trödel waren zugebaut, allenfalls für Bergsteiger begehbar. Schränke, Tische, Stühle, ein Sessel, kaputte Sonnenuhren, ein schmutziges Katzenkistchen, selbstgebastelte Ablagen, dazwischen Koffer, Säcke, alte Stelzen und tausend anderer Kram. Es würde Monate dauern, das Zeug alles über die enge Stiege hinab in den 2. Stock, dann nochmals zwei Stockwerke tiefer bis in den Flur und von dort hinaus zum Sperrmüll zu tragen.

Sieh dir nur das Chaos da hinten an! Im Gegenlicht vom Fenster her hängen doch tatsächlich noch uralte Kräuterbüschel an den Leinen, im Halbdunkel nicht sofort zu erkennen, so spinnwebumschleiert sind sie. War das mal Selleriekraut, Liebstöckel oder Petersilie?

Wie ich die staubigen Büschel so fixierte, sah ich aus den Augenwinkeln rechts eine klitzekleine Bewegung. Nur so ein Huschen. Ich blickte sofort hinüber, aber da war nichts; also nichts außer natürlich Kartons, Gläsern und Kisten … Ich schaute zurück zu den Kräutern … Doch da – wieder aus den Augenwinkeln: ein flüchtiges Huschen! Trieben hier Mäuse ihr Unwesen? Die gab es ja fast überall. Und schon wieder ein Zucken, diesmal von links! Ich setzte mich leise auf einer alte Kommode in den Staub und spähte ins Dämmerlicht.

Mit einem Mal ertönte oben hinter mir ein glockenhelles Lachen. Ich fuhr erschrocken herum und blickte hoch. Da saß, oder besser: schwebte ein winziges Frauenzimmer oben auf der Lehne eines Stuhls, der auf der Platte eines freien Tisches stand; ein Frauenzimmerchen, vielleicht handspannengroß. Das blickte spöttisch auf mich herab und wirkte sehr selbstbewusst. Es war ein goldiges Persönchen mit blonden Zöpfen und in einer komischen alten Tracht, die so ähnlich aussah, wie ich mir ein mittelalterliches Hochzeitskleid vorstelle. Das Besondere aber war, dass alles an ihr, also Hemdchen, Kleidchen, Tüchlein und selbst die Strümpfe, aus Spinnweben gefertigt waren. So etwas hatte ich noch nie gesehen. Das „Hochzeitskleid" lag ihr so fein an, dass es einem glatt die Sprache verschlug. Ich vergaß darüber fast die junge Dame selbst, die in der hübschen Mode steckte. Die gab mir denn auch gleich zu verstehen, dass sie meine mangelnde Beachtung bemerkt hatte: „Stoffel!", rief sie ziemlich heftig und sah mich missbilligend an.

„Entschuldigen Sie, junge Dame", sagte ich verlegen, „ich habe Ihr schönes Kleid bewundert ..."

„Ah ja, mein schönes Kleid", äffte sie mich nach.

Ich besann mich schnell auf meine Manieren: „Und guten Tag auch, schöne junge Dame! Herzlich willkommen auf unserem Speicherboden!"

„Das klingt ja schon besser", kam es schnippisch von ihr. Dann fragte sie: „Was tust du hier?"

Jetzt war ich verwirrt, denn diese Frage hätte ich ja wohl ihr stellen müssen. „Na ja, ich ..." ich verhaspelte mich.

„Du starrst ehrbare Leute an. Das wolltest du doch sagen, oder?", fragte das Fräulein spöttisch.

„Hm, so könnte man es nennen", antwortete ich, aber nur, um sie nicht noch mehr zu verärgern.

„Also, du glotzt die Leute an und benimmst dich wie ein Trampel", stellte Mademoiselle fest.

Ich versuchte, sie abzulenken, indem ich ihr auch eine Frage stellte: „Und was führt dich hierher?"

„Ich wohne hier".

Jetzt war ich sprachlos. „Du wohnst hier? Ich habe dich aber noch nie hier gesehen", stotterte ich schließlich.

„Willst du mir anhängen, dass ich lüge", brauste das Persönchen auf.

„Nein, nein, das liegt mir fern", begütigte ich sie schnell.

„Ich wohne hier seit 340 Jahren", sagte Fräulein Spinnweb wichtig, „also wesentlich länger als du."

Bums, das saß! Das hatte ich nicht erwartet. Ich rechnete kurz nach. „Dann musst du ja bald nach dem Bau dieses Hauses eingezogen sein", stellte ich fest, „merkwürdig, du siehst noch gar nicht so alt aus". – „!" – Das war wohl wieder nicht die richtige Wortwahl gewesen, ich sah es sogleich an ihrem Blick.

Und es war auch nicht zu überhören, als sie mir erwiderte: „Wozu gebe ich mich eigentlich mit dir ab, du Stoffel? Ich bin alt genug um hier zu wohnen. Ich bin schon seit Jahrzehnten volljährig. Ja, gelt", fuhr sie heftig fort, „da guckst du dumm!"

„Nein, ich zweifle ja nicht an deinem Alter oder an deinen Worten", beteuerte ich, „aber warum habe ich dich dann noch nie hier oben gesehen?"

„Weil du immer nur so rumglotzt, statt mal richtig zu gucken", fuhr sie mich an.

„Ich glotze?"

„Immer", sagte sie.

Ich wandte ein: „Aber warum sehe ich dich dann heute?"

Sie: „Heut hast du vielleicht mal nicht geglotzt." Sie hüpfte auf den zweiten Stuhl, der oben auf der Tischplatte stand, strich sich ihr Kleidchen glatt und setzte sich sehr elegant auf die Stuhllehne. „Außerdem", fügte sie an, „ist heute der Tag vor Santa Lucia. Du weißt ja vielleicht, dass an bestimmten Tagen des Jahres die Tore zu meiner Welt offen stehen."

Mir kam ein Gedanke: „Leben hier oben noch mehr Leute?", fragte ich.

„Klar", lachte sie, „man könnte es hier oben sogar dicht besiedelt nennen."

Ich staunte. „Kann ich die anderen auch sehen?", fragte ich.

„Weißt du, was?", antwortete sie. „Komm doch einfach heute Nacht um zwölf wieder her. Dann siehst du, wer alles da ist und was passiert. Ich lade dich zu unserem Kleinen Jul-Fest ein. Du musst dich aber ein bisschen schön machen", sie streifte meine Kleidung mit einem abschätzigen Blick, „sonst müsste ich mich für dich schämen. Und Schämen mag ich nicht."

Ich versprach, mein Bestes zu tun, denn ich war natürlich sehr neugierig. Dann stand Mademoiselle oben auf, machte ein paar sehr elegante Tanzschrittchen hin und her und hüpfte auf einen alten Schrank, der ziemlich weit entfernt stand.

„Ciao dann, bis heute Abend", rief ich ihr nach, als ich merkte, dass sie fortgehen wollte.

„Tschüss", sagte sie, und da war sie schon hinter dem übernächsten Schrank verschwunden. Ja, und damit war sie wirklich weg.

Ich ging um den Schrank herum und spähte ins Dämmerdunkel hinein, aber da war niemand mehr. Ich zwickte mich in den Arm, für den Fall, dass ich nur geträumt haben sollte, doch es tat weh, da war ich wohl wach.

„Ist das aber mal komisch", dachte ich. „Was war denn das gewesen? Der erste Jul-Spuk? Oder bin ich jetzt übergeschnappt?" Ich dachte ernsthaft über Letzteres nach, doch weil ich keine vernünftige Antwort fand und mir allmählich kalt wurde, turnte ich den Weg zum Speichereingang zurück und stieg die Treppe wieder hinunter. Nach fünf Stufen zog ich die Speicherklappe hinter mir zu und trank in der Küche erst einmal eine Tasse Kakao.

Ehrlich gesagt, habe ich noch nie so lange und so aufgeregt auf etwas gewartet, wie auf diese Nacht vom 12. zum 13. Dezember. Dunkel wurde es zwar schon um vier, aber da war ja gerade erst Spätnachmittag. Ich setzte mich also in mein Zimmer und dokterte an alten Hausaufgaben herum, die ich noch fertig zu machen hatte. Nach einer halben Ewigkeit kam er dann geschlichen, der Abend, langsam wie eine Schnecke. Ein paar mühsame Stunden später würde ich endlich zu meiner ersten Party auf dem Speicher hochsteigen können! Ich setzte mich in einen meiner Sessel und las in einem angefangenen Roman herum; sehr konzentriert war ich nicht. Als ich auf die Uhr sah, war es gerade mal 9 Uhr, also erst später Abend. Ich legte das Buch zur Seite und träumte so ein bisschen vor mich hin. Irgendwann muss ich dabei eingenickt sein, denn als ich wieder nach der Zeit sah, war es Viertel vor zwölf.

Ich erhob mich etwas steif und eilte ins Schlafzimmer um mich umzuziehen. Schwarze Hose, schwarzes Hemd, schwarzer Pulli, schwarze Socken. Ob das festlich genug war? Dann putzte ich mir die Zähne im Bad, trank noch etwas Sprudel in der Küche und stieg die Treppe zum zweiten Stock hoch. An der Speichertreppe lauschte ich erwartungsvoll, doch es war mucksmäuschenstill. „Habe ich das heute Vormittag doch nur geträumt?", fragte ich mich enttäuscht. Dann stieg ich vollends hoch und öffnete die Luke: Musik und gedämpftes Licht drangen mir entgegen.

Ich betrat den Speicher, schloss die Luke wieder und stellte mich abwartend an den Rand neben die Dachschräge. Von dort beobachtete ich das Treiben, und ein solches war es wirklich: Ein wimmelndes Hin und Her erfüllte den Raum so vollständig, dass ich kaum Einzelheiten erkennen konnte. Die Möbel und der Krimskrams waren alle an die Ränder des Raumes geschoben worden und auf dem Speicherboden standen Kerzen in roten Gläsern. Dazwischen waren hübsch Wege mit je zwei Reihen Tannenreisig gelegt worden, und diese Wege entlang tanzten an die hundert kleine Tänzer und Tänzerinnen.

Was für ein unglaubliches Völkchen das war! Da gab es kleine Irrwische mit abstehenden Ohren und Federn am Kopf, da hüpften Wichtelmänner und -frauen umeinander herum, geflügelte halbmenschliche Jungen und Mädchen, wohl so etwas wie Tiefland-Elfen, bewegten sich mit unglaublicher Anmut um einen Ebereschenzweig herum, den sie in eine riesige Vase gesteckt hatten. 20 bis 30 Speicherpucke hopsten im Kreis umher, formten beim Tanzen immer neue Figuren und ließen sich von Zeit zu Zeit auf den Po plumpsen, um hernach quietschend wieder aufzustehen und sich voreinander zu verbeugen. Einige Stauberle rannten zischend durch die Zweigalleen, hechelten und bliesen Staub auf, was andere merkwürdige Wesen derart zu verdrießen schien, dass sie den Stauberle mit den Fäusten hinterher drohten. An die zwanzig Sauberle rannten dann sogleich mit Besen und Putzeimern hinter ihnen her und behoben das Malheur stante pede.

Meine Spinnwebdame wirbelte im Wienerwalzer hinter dem Schrank hervor, wollte eben gerade an mir vorbeitanzen, da sah sie mich. Sie hielt an, zog einige andere Spinnwebmädchen und -bübchen im Gewühl zu mir herüber und stellte mich ihnen vor.

„Das ist der Hausmenschi. Seid nett zu ihm, er ist ein bissel eigen, beißt aber nicht."

„Bist du in Trauer?", fragte mich eine Göre aus der Schar und grinste mich an. „Du bist so schwarz in schwarz gekleidet."

„Ich sollte mich doch festlich anziehen", entgegnete ich. Da lachten sie alle laut und waren äußerst vergnügt.

„Komm, lass uns tanzen!", forderte mich mein Spinnwebmädchen auf und streckte mir das Händchen entgegen. Ich hatte zuerst Bedenken, wollte aber kein Spielverderber sein und folgte ihr zwischen die Kerzen. Um uns herum tobten und jauchzten die anderen Speicherbewohner so wild, dass mir ordentlich schwindelig wurde. Daher fiel mir zuerst gar nicht auf, dass ich meine ursprüngliche Größe irgendwie und irgendwann verloren und die der anderen Speicherwesen angenommen hatte. Und deshalb war auch der Raum plötzlich riesig groß.

Wir tanzten und hüpften ausgelassen umher, lachten und sangen die Tanzweisen mit, die gespielt wurden. In der dunkelsten Ecke, unter dem Fenster, sah ich die Musikanten stehen, als ich im Tanz vorbeischwenkte: Da spielten Zwerge auf Violinen und Bratschen, Celli und Kontrabässen. Da saßen Elfen an riesigen Konzertharfen. Undinen bliesen verschiedene Flöten und andere Blasinstrumente, auch drei altertümliche Dudelsäcke. Ein Troll stand vor der Pauke. Währenddessen spuckten an die fünfzig Salamander Feuerstöße aus dem Mund und fügten das passend in den Rhythmus der Musik ein. Ein Kiefernzapfenmännchen, ein sogenanntes Hobbele, schlug auf verschieden große Triangeln ein. Da waren wir auch schon an ihnen vorbeigetanzt und schwebten auf der anderen Seite des Kamins.

Plötzlich erklangen tausend Glöckchen und alle Tänzer und Tänzerinnen traten nach und nach an den Rand, um ein paar kräftigen Haudraufs Platz zu machen, die einen großen geschmückten Thron herein zogen und schoben. Er war bemalt, zum Teil vergoldet und mit bunten Bändern verziert. Mitten im Raum fand er seinen Platz. Um ihn herum stellten Staubelfen Vasen mit Blumen auf.

„Was passiert jetzt?", fragte ich leise das Spinnwebmädchen.

„Jetzt haben wir die erste Kleine Jul-Bescherung mit Frau Holle", raunte mir das Mädchen zu. „Ich habe sogar an ein Geschenk für dich gedacht, damit du ihr auch etwas geben kannst; wäre doch peinlich ohne, oder?"

Damit huschte sie zum Speicherrand hinüber und kehrte gleich darauf wieder zurück. Der Stein, den sie mir auf der geöffneten Hand entgegenstreckte, war atemberaubend schön! Er leuchtete in einem sanften Goldton. „Nimm ihn an dich, dann ist er von dir", flüsterte sie und drückte ihn mir in die Hand.

Zum Fragen hatte ich keine Zeit mehr, denn jetzt nahte schon ein beeindruckender Zug aus dem Dunkel des hinteren Speichers. Wo der herkam, ist mir ein Rätsel; aber ich verstand ja so vieles nicht in dieser Nacht.

Eine goldene Kutsche, von drei weißen Stuten gezogen, rollte herein und hielt neben dem Thron an. Hinter der Kutsche schritt ein bunt gemischtes Gefolge aus Frauen und Männern, Burschen und Mädchen, die alle kostbare Kleider und Uniformen trugen. Eine junge Königin von großer Schönheit stieg aus dem Wagen und setzte sich unter dem Jubel aller Anwesenden auf den bereitgestellten Thron. Sie trug den Schmuck einer Braut und war herrlich anzusehen. Sie sprach ungefähr folgende Worte: „Liebe große und liebe kleine Freunde! Mit Riesenschritten naht die Jul-Zeit. Heute ist schon die Luziennacht. In den dreizehn Dunkelnächten, die ihr folgen, fliegt und schwirrt und wimmelt umher und erfüllet Erde, Wasser, Luft und Feuer mit Leben, Freude und Glück! Und jetzt, liebe Kinder, lasst uns alle zusammen fröhlich sein und den Bund der Lebendigen auch dieses Jahr erneuern und feiern!"

Heller Jubel brandete auf und die kleinen Leute lachten, klatschten, jauchzten und warfen ihre Hüte, Schals, Blumen und Tannenzweige in die Luft und fingen sie wieder auf. Nun hub um die Königin herum ein emsiges Auspacken und Weiterreichen von Päckchen und kleinen Gaben an, bis alle Gefolgsleute am Thron etwas in den Händen hielten.

Dann begann die Bescherung: Immer eines der Speicher-Wesen trat mit seinem Geschenk vor den Thron hin, überreichte der Königin mit einem Knicks oder einer Verbeugung seine Gabe und erhielt von ihr eins der Geschenke, welches die Gefolgsleute zuvor der Königin überreicht hatten. Hernach dankten beide Beschenkte einander, küssten sich links und rechts auf die Backe, und die Königin reichte das, was sie selbst empfangen hatte, ihren Hofdamen zum Bewahren hinüber. Unterdessen wurde der Jubel unter den kleinen Leuten immer lauter und lebhafter und die Fröhlichkeit nahm zu.

Die Bescherung ging weiter, bis fast alle Speicherwesen ihre Geschenke gegeben und die der Herrin empfangen hatten. Auch mein Spinnwebmädchen war mit der Gabe für die Königin in Händen an meine Seite zurückgekehrt. Plötzlich beugte sie sich zu mir herüber an mein Ohr und sagte: „Los jetzt, schlaf nicht, du bist doch dran!" und versetzte mir einen kleinen Schubs.

Ich trat aufgeregt und ziemlich unsicher vor die Königin hin, wobei es einen Augenblick lang ganz still im Speicher wurde, verneigte mich tief und reichte ihr meinen schönen Stein. Sie blickte denselben entzückt und verwundert an und dann auch mich, und da wurde mir doch ein bisschen mulmig zumute. „Ich wünsche dir alle Wunder der Welt", stammelte ich, weil ich nicht wie ein Trottel stumm vor ihr stehen wollte. Außerdem fand ich sie richtig nett.

Da stand sie auf, umarmte mich und küsste mich mitten auf die Stirn. „Liebes Menschenkind", sagte sie und reichte mir ein Holzkästchen in der Form einer kleinen Truhe, das mit Goldbändern verziert war, „öffne dies hier erst in der Perchtennacht." Sprach's und sah mich nachdenklich an, woraufhin ich mich vor ihr verbeugte und zurücktrat.

Und dann kam das Allermerkwürdigste: In dem Moment, als ich die Augenlider nach einem ganz kurzen Blinzeln öffnete, war der ganze Speicher leer. Total leer! Es war mucksmäuschenstill. Das Gerümpel und die Möbel standen und lagen alle an den vertrauten Plätzen und kein Duft, kein Laut, nicht einmal eine Staubspur verriet, was eben noch vor sich gegangen war. Ich blickte fassungslos umher, und weil sich partout nichts mehr regte, kam ich mir ein bisschen blöd vor und wandte mich zum Gehen. Ich war wieder normal groß und der Speicher war wieder normal voll.

Dabei fiel mir aber auf, dass ich wirklich ein Holzkästchen umklammert hielt, von dem ich genau wusste, dass ich es nicht von unten mit heraufgebracht oder hier irgendwo aufgelesen hatte: Also war das ganze doch kein Spuk gewesen! Ich nahm die Gabe der Königin mit mir und stieg ein bisschen traurig die Speichertreppe hinab.

DER SAPPERLOT-BUB

(70 JAHRE SPÄTER)

Opa ist der Allerbeste! Keiner kann so tolle Geschichten erzählen, und niemand ist so klug wie er. Opa weiß alles. Auch mit der geheimen Welt auf unserem Speicherboden kennt er sich aus, der Welt des ‚Kleinen Volkes‘, über die man nur flüsternd spricht. Über die man nicht unbesonnen plappert und schon gar nicht zu jeder Tageszeit! Hat Opa gesagt.

Einmal, das war letztes Jahr am 13. Dezember, wollte ich vom Speicher unseres Hauses einen hölzernen Lastwagen herunterholen, weil ich im Wohnzimmer eine neue Baustelle aufgemacht hatte, da sollte nämlich der Hauptbahnhof für meine Eisenbahn hinkommen. Nun gehe ich gar nicht gern hoch auf den Speicher, weil … na ja, da gruselt' s mich halt immer. Hätte ich nicht den Lastwagen dringend gebraucht, so wäre ich erst dann hoch gegangen, wenn Mama etwas von dort hätte holen müssen. Vorsorglich hatte ich sie am Morgen schon gefragt, ob sie nicht bald wieder Zwiebeln brauche. Aber nein, heute nicht. Nichts zu machen. Nach zwei Stunden und 200 inneren Anläufen begab ich mich dann doch noch in den Flur hinaus und stieg zum 2. Stock hoch. Dort wurde ich dann sehr langsam.

Zögernd betrat ich die Speichertreppe. Jetzt wurde ich noch langsamer. Es war kalt und natürlich gruselte mich's wieder.

Unser Speicher ist ein riesiger Raum voller toller Sachen. Alles steht mehr oder weniger im Weg herum. Von jedem Quadratmeter Boden aus, den man sich ins Speicherinnere vorturnt, sieht man immer Neues, verliert aber das Alte aus dem Blick. Es gibt mehr verborgene als gut sichtbare Winkel; man weiß nie, wovor man sich zuerst fürchten soll; ein Grund mehr, überhaupt nicht hoch zu gehen. Doch mein Bahnhof im Wohnzimmer drängte, und ich brauchte halt den Lastwagen.

Ich drückte mit einem starken Ruck die Speicherklappe auf, knipste das Licht an und betrat den Raum. Die Neonröhren flackerten und wollten nicht so recht ...

Mir grauste vor den blöden Ecken! Also spähte ich scharf in die Winkel hinüber, hütete mich aber davor, ihnen zu nahe zu kommen, denn, weiß der Kuckuck, was sich da in den Ecken so alles herumtreibt! Das Dumme war: Solange ich nur in eine Richtung schaute, war ich von allen anderen Seiten her nicht gefeit und daher angreifbar. Doch wohin ich auch blicken mochte, von irgendwoher wurde ich immer beobachtet, nicht unbedingt in feindlicher Absicht, aber doch irgendwie lauernd. Das war mehr als unangenehm!

Schließlich fand ich meinen Lastwagen ziemlich weit von der Speicherklappe entfernt; da lag er am Boden und war voller Staub. Ich schnappte ihn mir, richtete mich auf und – stand plötzlich einem Jemand gegenüber! Ich schrie vor Entsetzen laut heraus, obwohl Helden eigentlich nicht schreien und ich doch ein Held bin. Sagt wenigstens Opa. Aber in diesem Moment dachte ich nicht an mein Heldentum. Das Wesen, das da vor mir stand, versperrte mir nämlich den Weg zur Speicherklappe zurück! Und rechts und links hinter dem Etwas vor mir standen weitere Beinpaare! Ich hielt den Blick starr auf die Beine meines Gegenübers gerichtet und wagte nicht hochzusehen.

„Was machst du hier?", flüsterte eine böse, heisere Stimme mir zu.

Mir gefror das Blut in den Adern. Ich wollte antworten, kriegte aber keinen Ton heraus und bekam obendrein den Schluckauf. Da stand ich nun, verloren und verzweifelt und hickste. Ein fürchterliches Lachen ertönte vor mir, rauchig und gemein. Ich ließ den Lastwagen fallen und hielt mir schreiend die Ohren zu.

Auf das Rumpeln hin, das der Lastwagen auf dem Speicherboden hervorrief, ertönte Mamas Stimme von unten: „Alles in Ordnung, Bübchen?"

Ich nahm meinen letzten Mut zusammen und brüllte: „Ich komme", und zwang mich, die Gestalt mir gegenüber anzusehen. Aber da war niemand mehr! Ich fuhr herum, sah mich panisch um, aber da war auch keiner. Mein Gegenüber war geflohen und mit ihm alle Beinpaare seines Gefolges, aber es fühlte sich für mich nicht wie ein Sieg an! Ich gab mich geschlagen, turnte zur Speicherklappe zurück und machte, dass ich wegkam.

Als ich schon auf der Treppe nach unten stand, die Klappe geschlossen hatte und somit in Sicherheit schien, kratzte Etwas oder Jemand von innen an der Speichertüre herum! Da nahm ich Reißaus, sprang jeweils zwei Stufen nehmend die Treppe hinab und atmete erst wieder tief auf, als ich im Wohnzimmer ankam. Mama sagte ich nichts davon, aber später ging ich zu Opa.

„Ich muss ein ernstes Wörtchen mit dir reden", leitete ich das Gespräch ein.

„Hab ich was falsch gemacht?", fragte Opa und sah auf; meine Wortwahl hatte ihn sichtlich irritiert.

„Weiß nicht", sagte ich.

Als Opa sah, dass ich zitterte, blickte er mich aufmerksam an. „Du hast etwas Schlimmes erlebt", stellte er fest, „sag mir, was passiert ist!"

Opas Mitgefühl war der Tropfen, der das Fass, beziehungsweise mich zum Überlaufen brachte. Ich heulte meinen Schrecken, mein Entsetzen und meine Angst aus mir heraus und verlor mindestens zwei Liter Tränen. Als Opas Taschentuch total nass war, erzählte ich ihm, was sich unterm Dach zugetragen hatte. Er hörte aufmerksam zu. Nachdem mein Bericht zu Ende war, nickte er, schwieg aber weiterhin. Ich wartete, ob er etwas sagen würde.

Als sein Schweigen anhielt, fragte ich: „Wer war das? Wer stand da vor mir?"

Opa erhob sich, streckte mir seine Hand hin und sagte: „Du musst jetzt tapfer sein. Sei mein kleiner Held! Willst du das versuchen?" Ich nickte. „Wir gehen zusammen auf den Speicher hoch und da oben erzähle ich dir dann etwas, was du noch nicht weißt", sagte er.

Mit Opa zusammen war meine Angst fast total weg. Wir stiegen also die Treppen hoch und betraten den Speicher. Dort setzten wir uns auf zwei Stühle, nachdem wir diese zuvor geleert und großzügig abgestaubt hatten. Als wir saßen, begann Opa: „Was du als erstes wissen solltest", sagte er, „ist, dass auf jedem guten Speicher Tausende von Wesen des Kleinen Volkes wohnen. Sie gehören zwar nicht alle zum Kleinen Volk, aber wir sagen das halt so, weil wir für die meisten von ihnen keine Namen haben. Die einfachste Art, sie voneinander zu unterscheiden, ist, sich zu merken, dass es vier große Königreiche gibt:

Die Zwerge oder Gnome; das sind kleine Leute, oft in brauner, grauer oder grüner Kleidung, manchmal mit Hacken, Schaufeln, Besen oder anderem Gerät in Händen, das sie geschickt zu nutzen wissen. Sie tragen Mützen oder Kappen, haben große Köpfe und sind sehr klug."

„Können sie rechnen?", fragte ich.

„Tausendmal besser und schneller als du und ich", antwortete Großvater.

„Und was tun sie hier?", fragte ich.

„Sie stützen und tragen das Haus. Sie putzen und pflegen Holz, Stein und Metall. Das Haus würde ohne sie zusammenfallen."

Ich staunte nicht schlecht. „Dann sind sie also nützlich", sagte ich.

„Nützlich ist kein schönes Wort, weder für sie, noch für uns", korrigierte mich Großvater. „Ich erzähle dir nach und nach mehr von ihnen. Heute werde ich sie dir erst einmal nur nennen und vorstellen.

Also neben den Zwergen findest du als nächste die Elfen oder Sylphen. Sie sind etwas größer als die Zwerge, schlanker und von aufrechter Gestalt. Sie kleiden sich gern in Blaugrün, Braungrün oder andere Grüntöne, aber luftiger und leichter als die Zwerge. Während du die Zwerge oft bei der Arbeit antriffst, sind die Elfen eher am Tanzen, Schweben oder Spielen. Sie haben es gern mit der Luft zu tun. Du wirst sie auch immer irgendwie besonders schön finden, denn sie sind für uns Menschen wunderbar anzusehen!

Die dritten im Bunde sind die Nixen oder Undinen. Sie haben es gern mit dem Wasser zu tun. In den Wolken kannst du sie manchmal mit den Elfen zusammen tanzen sehen. Auch sie können sehr schön sein und haben zudem etwas sehr Verlockendes an sich.

„Aber, Opa", fragte ich aufgeregt, „hier ist es doch viel zu trocken für sie, oder nicht?"

„Nein", erwiderte Opa, „denn sie haben ja die Feuchte der Luft, und die ist hier reichlich vorhanden. Das genügt ihnen.

Die vierte Art kennst du gar nicht, die lebt im Verborgenen. Das sind die Feuergeister oder Salamander."

„Aber die gibt es hier sicher nicht", unterbrach ich Opa, „sonst würde ja das Haus abbrennen."

„Gut mitgedacht", lobte Opa, „aber doch nicht ganz richtig: Schon die Wärme der Luft und aller anderen Dinge ist ihr Lebensbereich. Sie brauchen keine lodernden Flammen.

Diese vier Arten und tausend weitere findest du also hier oben auf dem Speicher. Sie alle wohnen und leben hier. Und sie alle schaffen am Haus, am Festen, an der Luft, am Feuchten, an der Wärme und sie halten die alle in Schuss.

Sie sind weder böse noch gut. Na ja, viele treiben gern auch mal ihren Schabernack. Sie gehorchen eben anderen Gesetzen als den menschlichen, das macht sie so ein bisschen unberechenbar, nicht wahr?"

„Oh ja", beeilte ich mich zu sagen.

„Aber", fuhr Opa fort, „es gibt doch eine gute Möglichkeit, in Frieden und Freundschaft mit ihnen zu leben."

„Ja, wie geht das?", wollte ich wissen.

„Das geht über ihre Königin", sagte Großvater. „Du musst dich an ihre Königin wenden und sie bitten, dass sie dich beschützt. Und du kannst ihnen zu besonderen Zeiten des Jahres auch etwas schenken. Das mögen sie gern."

„Was denn, Opa?", fragte ich.

„Entweder etwas Gutes zu essen oder ein kleines selbstgemachtes Geschenk. Nur keine Kleider."

„Warum keine Kleider?"

„Weil sie dann Adieu sagen und für immer weggehen, und das wäre doch jammerschade!"

In dem Moment sah ich sie plötzlich! Eine zarte Bewegung unter der Dachschräge, gerade noch so aus den Augenwinkeln wahrzunehmen. Ich hielt den Atem an und guckte scharf hin.

„Das solltest du nicht tun", meinte Großvater ganz gelassen, „das mögen sie nicht, und dann verstecken sie sich oder schicken dir eine ihrer Gräuelgestalten." Also hatte Opa sie wohl auch gesehen!

„Wer ist denn ihre Königin", fragte ich.

„Das ist die Frau Holle", antwortete Opa. „Die zieht in manchen Winternächten gut sichtbar über das Land und sät Segen in die Erde und Naturreiche."

„Wer gehört denn nicht zu den vier Geister-Völkern, die du vorhin genannt hast?"

„Ja, wer? Zum Beispiel die Irrwische. – Das sind vielleicht Kerle!"

„Was denn für Kerle?" wollte ich wissen.

„Hör zu", sagte Opa, „ich kenne da ein Sprüchlein über sie:

> *Kommst du zur falschen Zeit ans Tor,*
> *Steht ein Irrwisch schon davor,*
> *Ist ein eigenart'ger Tropf:*
> *Trägt Federbüschel auf dem Kopf,*
> *Hat Ohren wie ein Ziegenbock,*
> *Trägt einen bunten Zottelrock,*
> *Und packst du ihn am Hosenbund,*
> *Dann kreischt er wie ein Höllenhund."*

Ich musste lachen.

„Lachen würde ich ja an deiner Stelle jetzt nicht, zumindest nicht über diese Speicherwesen und auch nicht gerade hier oben. Das nehmen die einem ganz schön krumm, weil sie sich verspottet fühlen", warnte mich Opa. Da wurde ich schnell wieder ernst.

„Was gibt es hier noch?", fragte ich nach.

„Es gibt den lieben, alten Speicherpuck, der hier für Ordnung sorgt, aber manchmal unsere Sachen so ein wenig durcheinander bringt.

Von ihm heißt es:

> *Muck, muck, muck,*
> *Da schafft der Speicherpuck!*
> *Er schleppt die Säcke hin und her*
> *Und keine Last ist ihm zu schwer,*
> *Was hinten lag, kommt vorne rein,*
> *Was vorn war, muss dann hinten sein,*
> *So geht's die liebe lange Nacht,*
> *Im Morgengrau'n erst ist's vollbracht.*
> *Und wenn die Amsel singt am Morgen,*
> *Schnarcht er im Speichereck verborgen."*

Ich war richtig froh, dass Opa das alles wusste!

„Was gibt es noch hier?", fragte ich weiter.

Opa überlegte kurz. „Ja, da gibt es zweie, von denen heißt es:

> *Das Stauberle, das Stauberle,*
> *Das macht ein' Riesendreck,*
> *Und wo das Stauberle zu Haus,*
> *Da geht der Dreck nicht weg.*
>
> *Das Sauberle, das Sauberle,*
> *Das putzt den kleinsten Fleck,*
> *Und wo das Sauberle zu Haus,*
> *Ist aller Dreck schon weg.*
>
> *Ein einzig Stauberle im Haus,*
> *Das macht's dir richtig schwer,*
> *Wühlt unterm Schrank den Dreck heraus,*
> *Und bläst ihn rings umher.*
>
> *Ein Sauberle bei dir im Haus,*
> *Das ist ein wahres Glück,*
> *Es fegt den Dreck zum Haus hinaus,*
> *Der kommt nicht mehr zurück."*

„Ich finde das Sauberle besser als das Stauberle", sagte ich.

„Sie kommen aber immer zusammen vor", erklärte Opa, „du kannst nicht den einen ohne den anderen haben. Ich persönlich glaube sogar, dass sie Brüder sind oder Schwestern."

„Ach so. Und was gibt es noch, Opa?"

„Na ja, da wäre noch das Hobbele, das du vom Wald her kennen solltest. Von ihm heißt es:

Das Hobbele, das Hobbele,
Das ist ein artig' Bobbele,
Es kommt vom Wald, vom Kiefernbaum
Und träumt den Winterzapfentraum
Und wenn's am Christbaum hänget dran,
Hat's meist ein goldnes Kleidchen an."

„Dann ist das Hobbele ein Kiefernzapfen, stimmt's?", fragte ich.

„Nein, mein Junge, es ist kein Kiefernzapfen, hat aber mit solchen zu tun. Ist noch ein bisschen schwierig zu verstehen. Ich erkläre dir das ein andermal, wenn du etwas älter geworden bist."

„Und was gibt es noch?", fragte ich schon weiter.

Opa besann sich kurz. Dann sagte er: „Da hätten wir noch den jungen starken Haudrauf."

„Au, der klingt aber gefährlich", warf ich ein, „haut der einen?"

„Oh nein, oh nein", antwortete Großvater, „der ist ganz toll fleißig. Der arbeitet wie der allerbeste Knecht. Von ihm heißt es:

Wer kommt daher in vollem Lauf?
Das ist der liebe Hans Haudrauf.
Er ist so stark, und ohne Bücken
Schleppt er fünf Sack gleich auf dem Rücken.
Wenn jemand was nicht schaffen kann:
Der Haudrauf kommt und packt es an,
Die schwerste Last, wie kann das sein?
Nimmt leicht er auf und ganz allein.
Nichts scheint unmöglich diesem Herrn
Und obendrein schafft er noch gern!

Aber jetzt müssen wir wieder runtergehen", meinte Opa dann. „Ich bekomme allmählich kalte Füße!"

„Och, schade", sagte ich, „ich würde sie gern alle kennen lernen!"

„Dann müssten wir 120 Jahre lang hier oben bleiben, und so lange halte ich das jetzt nicht mehr aus. Aber ich erzähle dir bei Gelegenheit mehr über sie."

Damit standen wir auf und gingen Richtung Speicherklappe. Als ich die Treppe hinabsteigen wollte, blickte ich noch einmal zurück. Da sah ich ein Händchen, das mir von hinter einem Balken aus zuwinkte. Das dazugehörige Wesen konnte ich wegen des Balkens nicht sehen. Ich winkte zurück und eilte dann hinter Opa her.

In der darauf folgenden Nacht habe ich ganz viel von den Speicherwesen geträumt.

Bei Familie Flusenfreund

(4 Jahre später)

In all den Jahren nach meinem Erlebnis auf dem Speicher, wo ich von dem Speicher-Spucker – so hatte ich den Kerl nachträglich genannt – angegriffen worden war, schien dieser Haus-Teil aus meinem Gedächtnis wie gelöscht. Ich brauchte nichts von dort oben, hatte daher auch keinen Grund hochzugehen und vergaß, was mir dort widerfahren war.

Das galt auch für alles, was mir Großvater am selben Tage über das Kleine Volk erzählt hatte. Daher überrumpelte mich einige Jahre später an einem 13. Dezember Großvaters Bitte, mit ihm auf den Speicher hochzusteigen. Und schlagartig kehrten meine alten Erlebnisse in die Erinnerung zurück. Ich solle mit Großvater zusammen eine Metalldose auf dem Speicher suchen kommen, die einer seiner Freunde vor über 25 Jahren dort irgendwo angebracht hatte. Darüber wunderte ich mich natürlich.

„Weißt du denn nicht, wo?"

„Dann müsste ich sie ja nicht suchen", brummte Großvater.

„Um was für eine Dose handelt es sich denn?", wollte ich wissen.

„Eine Erfindung meines Freundes. Das Ding harmonisiert Erdstrahlen", war die nicht sehr aufschlussreiche Antwort.

„Was ist denn das schon wieder: Erdstrahlen?", fragte ich.

Großvater kratzte sich am Kopf: „Erdstrahlen sind ein Salat aus elektrischen, magnetischen, elektromagnetischen und anderen Strahlen, die alle unsichtbar sind, aber gespürt werden können."

„Hm", machte ich. Aber da kamen wir auch schon vor der Speichertüre an. Ich sang: „Macht hoch die Tür, die Tor' macht weit" und Großvater hob gehorsam die schwere Falltür auf.

Wir betraten den Speicher, der mir seit letztem Mal unverändert erschien: Alles, was damals schon im Wege gestanden oder gelegen hatte, tat es auch jetzt. Wir balancierten bis in die Mitte des Raumes, warteten, bis alle Neonröhren sich ausgeflackert hatten und hielten Ausschau nach der „Wunderbüchse", die Großvater suchte.

„Vermutlich klebt das Biest irgendwo hoch oben", meinte er und ging auf eine Leiter zu, die vom Speicher aus auf einen provisorischen Zwischenboden hinaufführte, durch den sich der Kamin zum Dach hochwand. Großvater stieg auf die Leiter, und ich folgte ihm schnell, weil ich unten nicht gern allein bleiben wollte. Anscheinend streckte die Vergangenheit immer noch ihre Klauen nach mir aus.

Oben angekommen, kauerten wir uns mit dem Rücken an den Kamin und spähten umher. Noch weiter oben, wo ein Quer- und ein Längsbalken sich kreuzten, fiel mir ein glänzendes Rund von etwa

30–40 cm Durchmesser auf, das dort auf dem Querbalken lag. Ich machte Großvater darauf aufmerksam.

„Genial", sagte er, „doch wie kommen wir dran?"

„Wir holen die große Alu-Leiter von der Werkstatt", schlug ich vor.

„Pff", meinte Großvater, „sau-umständlich."

„Schlag was Besseres vor", forderte ich ihn auf.

„Lass uns zusammen überlegen", sagte er. Also hockten wir da wie die Waldkäuze, guckten scharf umher und dachten angestrengt nach.

Da ertönte von unten plötzlich eine heisere Stimme: „Ist die Menschenbrut weg?"

Eine zweite, diesmal krächzende Stimme antwortete: „Scheint so. Pfui, hier stinkt's nach Menschenfleisch."

Großvater legte den Finger an die Lippen und ich nickte.

„Wir werden sie vernichten", ließ sich der Heisere wieder hören.

„Und ich weiß auch schon, wie", schob der Krächzer nach.

„Stink und Stank, das ist gut! Und wie?", fragte der Heisere.

„Ich pinkle von oben auf die Leitersprossen; wenn dann einer draufsteigt, brechen sie durch und der Leiter-Mensch fällt herunter und bricht sich das Genick", antwortete Krächzer und lachte krächzend.

„Stink und Stank, wun-der-bar!", schrie Heisermann. „Wir bringen sie alle um!"

„Aber wenn sie das Gegenmittel kennen?", wandte Krächzer ein. „Dann schaden wir uns selbst."

„Woher sollen die das kennen?", lachte Heisermann. „Menschen sind blöd wie Bohnenstroh."

„Stimmt", sagte Krächzer.

Es rumpelte unten; dann hörten wir, wie jemand die Leiter emporstieg. Wir blickten zum oberen Ende derselben, wo über dem Zwischenboden gleich der erste Kopf erscheinen musste. Zuerst kam nur ein wirrer Haarbusch, darauf folgte ein dicker Kopf mit einem hässlichen Gesicht, einer Knollennase und buschigen Brauen. Da stand nun der Troll ganz still und fixierte uns mit stechendem Blick.

„Das Gesindel sitzt hier oben", krächzte er.

„Mausescheiße, Stink und Stank!", zischte der Heisere von unten.

Großvater streckte die Hand aus, wies mit dem Zeigefinger auf den Troll und sagte: „Dein eigner Fluch über dich!", worauf der Troll einen gellenden Schrei ausstieß und rückwärts von der Leiter stürzte. Da er auf halbem Wege auch Heisermann mit sich riss, schrie dieser gleich mit.

Großvater hatte sich erhoben, eilte mit zwei-drei Schritten an den Rand des Zwischenbodens, wies auf den Heiseren, der unten am Boden lag und wiederholte die magischen Worte: „Dein eigener Fluch über dich!"

Die Trolle zuckten jetzt beide am Boden, wanden sich und knallten dann wie Feuerwerkskörper auseinander, wobei ein paar Funken umherspritzten. „Aus die Maus", meinte Großvater ganz ruhig.

Mir klopfte das Herz zum Zerspringen. „Was war denn das?", wollte ich völlig aufgelöst wissen.

„Da sind irgendwann ein paar Trolle in unseren Speicher eingestiegen, die können sich halt nirgendwo benehmen", erklärte Großvater.

„Aber Trolle gibt es doch nur in den norwegischen Märchen", wandte ich ein.

„Und was hast du dann soeben erlebt?", fragte Großvater spöttisch zurück.

Ich stieg mit zitternden Knien hinter ihm die Leiter hinunter und hielt mich dabei besonders fest, falls Krächzer die Tage zuvor schon einmal auf die Sprossen gepinkelt hatte, doch die hielten.

„Jetzt haben wir die magische Dose vergessen", sagte Großvater unten, „ich steig noch einmal hoch und hole sie."

„Wie willst du das anfangen?", fragte ich.

„Ich ziehe die Leiter hinter mir auf den Zwischenboden hoch, damit komme ich fast überall hin", antwortete Großvater. Und so geschah es.

Während er oben zugange war, nutzte ich die Zeit und schaute mich unten ein bisschen um. Es war ein herrliches Durcheinander von Möbeln, Gebrauchsgegenständen und Spielzeug, das da stand, lag und lehnte.

Im Augenwinkel sah ich rechts etwas blinken. Ich blickte hin, doch da war es wieder weg. Das kannte ich von früher. Ich wusste sogar noch, wie man damit umgeht. Ich blickte konzentriert geradeaus auf den Weg, bis ich das Blinken seitlich wieder wahrnehmen konnte. Dann schaute ich weiterhin starr geradeaus, trippelte aber seitwärts auf das Blinken zu, wobei ich mir mit den Füßen zugleich den Weg ertasten musste. Das Blinken wurde stärker. Jetzt konnte ich direkt darauf schauen, ohne dass es verschwand. Es ging von einem Kästchen aus, das mit merkwürdigen Steinen besetzt war.

Als ich mich danach bücken wollte, sah ich eine kleine Elfe, die hinter einem Balken hervorlugte. Sie war wunderhübsch, trug eine Federkrone auf dem Haupt und hatte auch ein Kleidchen aus lauter Federn an. Auf ihrer Brust saß, still wie eine Schmuckbrosche, ein Schmetterling. Da die kleine Elfe überhaupt nicht zum Fürchten aussah, hatte ich auch keine Angst vor ihr.

Ich sagte: „Hallo, es ist schön, dich hier zu sehen. Ich heiße Peter. Wie heißt du?"

Die Elfe lachte und sagte: „Silvi Flusenfreund. Ihr habt gerade ein gutes Werk getan, du und dein Opa, ihr habt die Trolle verjagt. Die haben uns den ganzen Herbst hindurch bös zugesetzt. Wir alle mussten ihnen dienen. Und sie waren so ordinär! Sie schleimten und spuckten hier herum und waren widerlich! Meinem Freund Voli hier", dabei deutete sie auf den Schmetterling, „haben sie sogar ein paar Beinchen ausgerissen!"

Ich war empört. „In Zukunft", sagte ich, „ruft ungeniert meinen Opa und mich, wenn ihr in Not seid. Vielleicht können wir euch dann früher helfen."

„Das ist lieb von dir, dass du uns das anbietest! Komm geschwind mit zu mir und wiederhole dein Angebot vor meinen Eltern, die würden mir nämlich nicht glauben, wenn sie das nur von mir hörten."

Sie nahm mich bei der Hand und zog mich in die Dunkelheit einer Ecke hinein, wo der Raum sich überraschend weitete und heller wurde. Nach kurzer Zeit standen wir vor einem runden Häuschen aus honigfarbenem Holz, und Silvi klopfte an die Wand. Eine Tür wurde geöffnet und drei Elfenmädchen starrten mich durch den Türspalt an und kicherten.

„Das sind meine Schwestern Älfi, Sabi und Lora", stellte Silvi sie mir vor. Dann wandte sie sich ihren Schwestern zu: „Und das ist Peter. Er will unseren Eltern etwas sagen."

Die drei begleiteten uns durch einen langen Flur mit Edelsteinen an den Wänden, an dessen Ende drei Türen zu sehen waren. Eine davon öffnete sich, als wir in die Nähe kamen und eine Elfenmutter schaute mich verdutzt an.

„Hallo, Mama", sagte Silvi, „das hier ist Peterle. Er hat mir etwas versprochen, das du von ihm selbst hören solltest."

Die Elfenmutter blickte ihre Tochter erschrocken an. „Will er dich zur Frau nehmen?", fragte sie. „Dazu bist du doch noch zu jung."

Dann sah sie mich prüfend an und fügte hinzu: „Und er auch. Vergiss es!"

„Nein, Mama, er will etwas ganz anderes", wandte Silvi ein.

„Was, er will dich nicht?", brauste die Mama auf. „So ein dummer Stoffel! Und warum schleppst du ihn dann hier herein?"

Silvi blickte zu mir hin und sagte: „Sag du es ihr. Auf mich hört sie ja nicht."

Ich fasste mir ein Herz und stotterte: „Einen schönen Tag Ihnen, liebe Elfen-Mutter. Mein Großvater hat soeben zwei Trolle vom Speicher gejagt. Da hat Silvi mir erzählt, dass diese Kerle euch schon längere Zeit plagten. Daher wollte ich sagen: Wenn ihr wieder einmal in Not seid, so ruft mich doch bitte gleich; dann können wir euch früher zu Hilfe kommen."

„Ah, die Troll-Wüstlinge sind endlich weg. Sehr gut, sehr gut!", rief die Elfen-Mama erfreut aus und klatschte in die Hände. „Das ist aber lieb von dir, dass du uns das anbietest. Komm herein, magst du etwas trinken?"

Silvi schob mich in die gute Stube, und ihre Mama wies auf einen Sessel. „Setz dich", sagte sie, „ich bin gleich wieder da." Sie ging zu einem anderen Raum hinüber, von dem ich annahm, dass es die Elfen-Küche sei, und hörte von dort Geschirr klappern.

Ich setzte mich auf den Sessel und die Elfenmädchen nahmen auf der Couch gegenüber Platz, zogen die Füße hoch und betrachteten mich neugierig. „Der würde gut zu dir passen", tuschelten Silvis Schwestern ihr zu.

Die Feen-Mutter kam gerade wieder herein, warf ihren Töchtern einen strengen Blick zu und stellte einen Becher vor mich hin. Er war mit einer goldenen Flüssigkeit gefüllt. „Zum Wohle", sagte sie.

Als ich davon trank, fühlte sich das an, als würde mich die pure Lebenskraft durchströmen. „Ich habe nie etwas Besseres getrunken", sagte ich überrascht.

Silvis Schwestern kicherten. „Jetzt ist er dein", wisperten sie Silvi zu.

„Älfi, Sabi, Lora", sagte die Elfen-Mutter tadelnd, „genug jetzt mit dem Geschwätz! Vergrault ihr nicht den Liebhaber!"

In diesem Augenblick öffnete sich eine der Türen, und ein hübscher Elf trat in die Stube. Die Mädchen sprangen auf, hüpften zu ihm hin und umarmten ihn von allen Seiten. „Hallo, Papa!", schmeichelten sie.

„Hallo, hallo", japste er, „ihr erdrückt mich ja. Und wen habt ihr denn da mitgebracht?"

Die Mädchen erzählten ihm, was vorgefallen war und fielen sich dabei gegenseitig ins Wort, worauf sie jedes Mal lachen mussten. Am Ende konnten Silvis Schwestern sich nicht länger beherrschen und riefen: „Und er wird Silvi heiraten, gelt, das machst du, Peterle?" Und dabei sahen sie mich fragend an.

Ich glaube, ich bin bei ihrem fröhlichen Gezwitscher sogar ein bisschen rot geworden, aber unangenehm waren mir ihre Worte nicht.

„Alles zu seiner Zeit", schnitt die Elfen-Mutter den Töchtern weitere Kommentare ab. „Jetzt muss Peter zuerst einmal zu seinem Großvater zurück. Der steigt gerade von der Leiter herunter und trägt seine Zauberdose unterm Arm."

„Willkommen in der Familie Flusenfreund", lächelte der Elfen-Papa und umarmte mich. Das tat nach ihm auch die Elfen-Mama. Danach brachten mich die Mädchen wieder in den Speicher zurück und Silvi drückte mir das Kästchen mit den Edelsteinen in die Hand. Dann küssten mich alle vier links und rechts auf die Backen und sagten, sie wollten mich jetzt öfter bei sich sehen.

Als ich von meiner bisherigen Elfengröße wieder auf das übliche Menschenmaß emporwuchs, stieß ich mir schmerzhaft den Kopf an einen Balken. „Tschüss, ihr Lieben", rief ich den Mädchen zu, aber da sah ich sie schon nicht mehr.

„Wo hast du denn gesteckt?", fragte mich Großvater, der soeben neben mir auftauchte, „du warst ja so still."

„Ich hatte geschäftlich zu tun", erwiderte ich würdevoll.

„Da, schau, die Wunderdose!", sagte Opa und streckte mir seine Kupferdose entgegen, deren Deckel fest mit dem Unterteil verbunden war.

„Hm, sieht gar nicht wie eine Wunderdose aus", meinte ich vorsichtig.

„Lass uns ins Warme runtergehen", schlug Großvater vor, „hier wird mir allmählich kalt."

Das machten wir dann auch. Das Gefühl, das mich dabei überfiel, hätte mich schon damals warnen können, ich achtete nur zu wenig darauf; ich fühlte eine schmerzhafte Verlassenheit, je weiter ich mich vom Speicher entfernte, und merkte dabei nicht sofort, dass ich Silvi schon jetzt vermisste, nach gerade mal einer Minute.

Das Kästchen, das ich trug, hatte Großvater vor lauter Zauberdose gar nicht gesehen. Da beschloss ich, es vor ihm und auch vor jedem anderen geheim zu halten. „Ich komme gleich zu dir runter", sagte ich, schlüpfte in mein Zimmer und versteckte es unter meinem Kopfkissen. Dann eilte ich hinter Großvater her.

DER ZAUBER

Als ich unten in der Wohnung der Großeltern in die gute Stube trat, lag die „Wunderbüchse" bereits auf dem Couchtisch, und Großvater betrachtete sie nachdenklich.

„Am liebsten würde ich ihr den Deckel abnehmen, aber ich weiß nicht recht, wie", sagte er.

„Wie ist er denn festgemacht?", fragte ich.

„Na, gelötet", antwortete Großvater.

„Und wenn du ihn mit einem Gasbrenner ringsum sanft anfauchst?", fragte ich.

„Hm."

„Notfalls kannst du's ja auch mit einem von Omas Büchsenöffnern probieren", schlug ich vor. Er fand diese Bemerkung keiner Antwort wert und schwieg.

„Ich könnte dir auch mit meinem selbstgemachten Sprengstoff helfen", fügte ich zögerlich hinzu.

„Bitte verschone mich mit weiteren Gewaltlösungen!", sagte er plötzlich, stand auf, nahm die Büchse an sich und durchquerte das Zimmer.

„Wohin?", fragte ich ihn.

„In die Werkstatt. Ich bin in einer Stunde wieder zurück." Seine Wortwahl signalisierte mir, dass er allein sein wollte.

Gut, das konnte er haben; ich brannte ohnehin vor Neugier, was Silvis Schatzkästchen, das ich sicher unter meinem Kopfkissen versteckt wusste, enthalten könnte. Also eilte ich die Treppe wieder hinauf und stürmte in mein Zimmer. Dort setzte ich mich aufs Bett, zog das geheimnisvolle Kästchen unter dem Kissen hervor und hielt es kurz in der Hand. Die Steine darauf funkelten in allen Farben. Dann öffnete ich vorsichtig den Deckel. Ein feiner Blütenduft, wie von wildem Jasmin und Rosen, verbreitete sich im Zimmer. In dem Kästchen aber lagen auf einem violetten Samtkissen drei goldene Äpfel. Kleine, feine Früchte, die auch nach Apfel dufteten, als ich an ihnen roch.

‚Äpfel sind ja nun wohl zum Essen da', dachte ich und biss vorsichtig in einen hinein. Der Geschmack, der mich dabei durchströmte, war derart hinreißend und so ungewöhnlich, dass ich nach Luft schnappte. Ein unbeschreiblich süßes Wohlgefühl überflutete mich und versetzte mich in einen Zustand glückseliger Ekstase. Ich aß den ganzen Apfel auf, und das war ja nun keine große Mahlzeit, so klein wie der war. Dass ich Silvi danach noch mehr vermisste als zuvor, fiel mir im Augenblick nicht weiter auf, erst als ich wieder zu Großvater hinuntergehen wollte.

Da plötzlich zuckte mir ein Gedanke durch den Kopf, der so ungewöhnlich wie tollkühn war: Ich wollte freiwillig und ganz allein zum Speicher hochsteigen. Ein kleiner Funken Angst musste sich jedoch unbemerkt noch in mir versteckt gehalten haben, denn bevor ich mein Vorhaben in die Tat umsetzte, schrieb ich an meine Eltern und Großeltern einen kurzen Abschiedsbrief, nur so vorsichtshalber: „Ihr Lieben, die ihr zurückbleibt, trauert nicht um mich, denn ich bin glücklich. Peter." Diese Nachricht legte ich gut sichtbar auf meinen Schreibtisch, dann huschte ich zur Treppe hin, stieg hinauf und hob behutsam die Speicherklappe an. Ich drückte auf den Lichtschalter und ließ die Klappe hinter mir wieder zufallen.

Schon da sah ich, dass mir aus den Schatten hinten im Raum jemand zuwinkte. Mir klopfte das Herz so heftig, dass man es kilometerweit hören konnte. Ich eilte nach hinten zu der dunklen Wandseite und sah entzückt, dass Silvi bereits auf mich wartete. Sie warf mir ihre Arme um den Hals und drückte ihr wunderhübsches Köpfchen an meine Brust. Ich umfing sie ebenfalls mit den Armen und wollte sie eigentlich gar nicht mehr loslassen. Doch da vernahmen wir ein freches Kichern aus der dunklen Ecke gegenüber und eine von Silvis Schwestern flüsterte sehr hörbar: „Da seht ihr's! Er liebt sie!"

Silvi und ich lösten uns verlegen voneinander, und ich hätte ihre Schwestern am liebsten in eine leere Käseschachtel gestopft und in den Kühlschrank gesperrt.

„Das war Lora", kicherte nun auch Silvi und legte die Hände über den Mund. Und da kamen die drei Holden schon aus ihrer Ecke gehüpft. Mir war gar nicht aufgefallen, dass ich meine Größe verändert hatte, jedenfalls waren wir jetzt alle etwa gleich groß. Älfi, Sabi und Lora umarmten mich und sagten, sie wollten mir heute einen Teil meiner neuen Verwandtschaft zeigen.

„Aha", erwiderte ich, „und wen zeigt ihr mir da?"

„Unsere Brüder und Schwestern."

„Ihr habt noch mehr Schwestern?", fragte ich verwundert.

Sie mussten darüber lachen. „Ja, so an die fünfhundert bis tausend Schwestern."

Ich meinte, mich verhört zu haben; oder wollten sie mich vielleicht necken? Ich lachte höflich.

„Was gibt es da zu lachen?", fragten alle vier Schwestern zugleich.

‚Na ja', dachte ich, ‚vielleicht ist bei denen tatsächlich alles anders', und hörte auf zu lachen.

„Wann haltet ihr Hochzeit?", fragte Sabi. „Ich möchte gern Brautjungfer sein."

„Ich auch!, Ich auch!", riefen die beiden anderen laut.

„Was, wer, warum Brautjungfer, und wer hält da Hochzeit?", ertönte nun Frau Flusenfreunds Stimme vom Eingang ihrer Wohnung her. Sie kam wie ein Sturmwind heraus und hatte die Brauen drohend gerunzelt.

Silvi flüsterte mir zu: „Schnell, Peterle, halte um meine Hand an, sonst haut sie uns alle beide!" Sie gab mir einen Schubs, der mich genau vor Mutter Flusenfreund hin beförderte.

„Liebe Frau Flusenfreund, darf ich Sie um die Hand Ihrer lieblichen Tochter Silvi bitten?"

Diese Worte hatte ich so oder ähnlich schon einmal in einem Roman gelesen, wo auch zwei Leute sich heiraten wollten. Frau Flusenfreund wirkte nicht gerade erfreut, sondern schaute mich fassungslos an. „Warum willst du nur ihre Hand?", fragte sie irritiert. „Nimm sie doch lieber ganz, oder bist du verstaubt?"

„Sie fragt, ob du spinnst", übersetzte mir Silvi leise die letzten Worte ihrer Mutter. Jetzt verstand auch ich nichts mehr. „So sagen doch die Menschen, wenn sie um jemanden freien", erklärte Silvi der Feen-Mutter.

Die Schwestern amüsierten sich köstlich über uns alle und spielten das bereits als kleines Theaterstück nach: Lora hatte Sabis Hand ergriffen und flötete mit viel Gefühl: „Gib mir deine Hand, o gib sie mir!" „Ach, Liebster, nur zu gern", gab Sabi darauf zur Antwort, „willst du nur die eine?" „Nein", hauchte Lora, „ich will alle beide und die Füßchen auch noch dazu." Die Schwestern kugelten sich vor Lachen auf dem Boden und auch Frau Flusenfreund konnte sich kaum noch beherrschen.

„Also, du willst sie heiraten?", fragte sie dann zur Sicherheit nach.

„Ich will immer bei ihr sein", sagte ich ehrlich.

„Ja, gut, aber willst du sie auch heiraten", beharrte die künftige Schwiegermutter auf ihrer Frage.

„Was hätte das für Folgen?", fragte ich zurück, weil ich mir unter Heiraten nicht allzu viel vorstellen konnte.

„Der will dich gar nicht", wandte sich die Mama jetzt empört an Silvi. „Der macht dauernd Ausflüchte. Und jetzt hör mir mal gut zu: Verloben ja, das lasse ich noch zu, aber heiraten kommt nicht in Frage, habt ihr das verstanden?"

Silvi warf sich schluchzend an meine Brust und jammerte herzerweichend. Ich wollte sie eigentlich nur trösten und küsste sie auf den Scheitel. Da klatschten plötzlich alle in die Hände und die Schwestern riefen: „Er hat sie geküsst, er hat sie geküsst!"

Frau Flusenfreund war mit einem schnellen Schritt bei mir, nahm mich am Ohr und sagte streng: „Willst du mein Kind unglücklich machen?"

„Nein, bestimmt nicht", japste ich, denn das tat am Ohr weh.

„Dann benimm dich! Du hast sie geküsst. Liebst du sie?"

„Ja klar", sagte ich, und das war ja auch ehrlich gemeint.

„Gut", sagte Mama Flusenfreund, „das wurde auch Zeit. Silvi ist knapp 300 Jahre alt und schon eine ganze Weile in der Pubertät. Allerhöchste Zeit, Kinder zu kriegen!"

Halt! Wie bitte? Das ging mir jetzt aber ein bisschen zu schnell! Doch Silvi und ihre Schwestern waren selig vor Freude und küssten mich links und rechts und dann noch einmal und noch einmal. Silvi lachte und weinte zugleich und alle vier schwirrten umher, dass mir ganz schwummerig davon wurde. Selbst die Mama lächelte wieder. Jetzt hätte ich doch gern Opas Meinung dazu gehört und mir einen guten Rat von ihm geholt. Aber vier paar Hände griffen bereits nach mir und zogen mich zur Flusenfreund'schen Wohnung hinüber.

„Komm, wir zeigen dir unsere Brüder und Schwestern und stellen euch einander vor", riefen die Mädchen und zerrten mich lachend hinter sich her. Diesmal ging es durch eine andere Tür und dann einige Gänge entlang. Schließlich kamen wir zu einem großen Saal, da waren viele Elfen, Zwerge und andere merkwürdige Wesen versammelt und plauderten, spielten, werkelten und speisten mit- und beieinander und einige musizierten und andere tanzten auch. Die Musik war wunderschön und drang mir tief ins Herz.

Silvi schnappte sich im Vorbeilaufen an einem Tisch einen Pergel Weintrauben und fütterte mich mit den süßen Früchten. Inzwischen hatten Älfi, Sabi und Lora eine ganze Schar Elfen zusammengetrommelt und brachten sie zu Silvi und mir, die wir in der Nähe des Tisches mit den Trauben stehengeblieben waren.

„Das ist Peterle, Silvis Zukünftiger", stellten die Mädchen mich vor. „Und das sind Griffel, Staubblatt, Knospe, Birkenflügel, Ulmensamen, Libellenreiter, Halmdreher, Gischttropfen, Wegerich, Eisenhut und Vogelbeere, unsere Brüder. Die anderen Brüder sind alle unterwegs. Und da kommen auch schon ein paar von unseren Schwestern!"

Eine Schar von etwa zehn Elfen-Mädchen flog, schwirrte und glitt heran und verteilte sich zwitschernd und tuschelnd um uns herum. Die Namen hörte ich nur noch wie durch einen Schleier: Eberesche, Hagebutte, Blütenblatt, Schlehbeere, Traubenkirsche, Iris, Odermennige, Tränenherz, Hasel, Weißdornblüte, Schneeballerina, Adlerfarn.

„Muss ich mir die alle merken?", flüsterte ich Silvi zu.

„Natürlich", antwortete sie ernst, „das sind doch jetzt deine Verwandten."

„Stimmt", sagte ich, „aber ich werde ein Weilchen dafür brauchen."

„Ich frage sie dich täglich ab", versprach Silvi.

Die Schar der Mädchen schloss uns so in ihren Kreis ein, dass die Elfen-Jünglinge dabei abgedrängt wurden, doch das störte jene überhaupt nicht. Eines der Mädchen fragte mich: „Werdet ihr viele Kinder haben?"

Silvi sah mich fröhlich an und nickte; da nickte ich halt auch. „Werden eure Kinder mehr Menschen oder mehr Elfen sein?", fragte eine andere.

„Vielleicht halbe-halbe?", meinte Silvi, war sich aber nicht ganz sicher.

„Können eure Kinder dann auch fliegen oder nicht?", fragte Weißdornblüte, die einzige, deren Namen ich behalten hatte.

„Das wissen wir noch nicht", antwortete ich, weil ich auch mal etwas dazu sagen wollte.

„Wann haltet ihr Hochzeit?"

„Habt ihr schon eine Brautjungfer?"

„Heiratet ihr in Weiß wie die Menschen oder in Grün wie wir?"

Die Fragen schwirrten uns nur so um die Ohren, und mir wurde davon fast ein bisschen schwindelig. Ich schloss die Augen und wollte nur kurz durchatmen und Ruhe haben. Aber dann war da plötzlich nichts mehr um mich herum, es war einfach nur Nacht und still, der Mond schien durchs Fenster herein, und mich fror ein bisschen. Ich lag in meiner ganz normalen Größe in meinem Zimmer im Bett und hatte das Federbett abgestrampelt. Unter meinem Kopfkissen spürte ich Silvis Geschenk, das Kästchen. Da schlief ich dann beruhigt wieder ein.

DER RING SCHLIEßT SICH

Als ich aufwachte, war es schon ganz hell im Zimmer. Draußen jubilierten die Vögel. Doch halt mal! Um diese Jahreszeit gab es doch kaum Vögel und schon gar kein Jubilieren, schließlich war Tiefwinter, und wir trieben zwischen erstem und zweitem Advent dahin, nicht zwischen April und Mai. Die Zugvögel waren im Süden, und den Amseln, Meisen und Finken war die Lust zu singen vergangen. Was hatte ich da eben gehört? Und wie war ich gestern vom Speicher weg und in mein Zimmer gekommen? War ich überhaupt selbst …? Wenn nicht ich: Wer in drei Kuckucks Namen hatte mich zu Bett gebracht?

Es klopfte an der Tür. „Herein", rief ich, und Großvater trat ein.

„Guten Morgen, Peter", grüßte er, „wie geht es dir?"

Ich grüßte ebenfalls. „Hast du deine Wunderbüchse gestern noch aufbekommen?", fragte ich höflich, obwohl es mich nicht so sehr interessierte; doch ich wollte Großvater von mir ablenken.

„Ja, danke der Nachfrage, sie ist offen."

„Du sagst das so verdrossen, als sei etwas schiefgegangen", hakte ich nach.

„Gründlich schief", antwortete Großvater und schwieg dann.

Ich wurde ungeduldig: „Ja, spuck es doch aus, was ist denn passiert?"

„Hm, schau dir das Ergebnis nachher selbst an. Die Dose ist leider verunglückt."

„Da hätten wir sie auch gleich sprengen können, das wäre bedeutend lustiger geworden", warf ich ein.

„Na ja, so steht wenigstens das Haus noch, und wir alle sind am Leben", gab Großvater zu bedenken.

Ich finde, er übertreibt manchmal ein bisschen. Jetzt fasste ich mir ein Herz und fragte: „Du, Großvater, wie bin ich denn gestern ins Bett gekommen?"

„Nun, du bist früh in dein Zimmer gegangen und hast dich auch wesentlich früher als sonst hingelegt. Sonst war eigentlich nichts. „Oder ist dir etwas Besonderes widerfahren?" Dabei sah er mich prüfend an.

Wie sollte ich ihm gleichzeitig Dinge verheimlichen, über die ich andrerseits Auskünfte von ihm benötigte? Ich befand mich in einer bösen Zwickmühle. Meine Gedanken sprangen wie eine undisziplinierte Meute Jagdhunde durcheinander.

„Hör mal, Großvater", leitete ich meine beabsichtigten Fragen ein, wobei ich mir noch krampfhaft eine geschickte Formulierung überlegte. Das war dann wohl die dümmste Art und Weise, Großvater auszuquetschen, da der sofort hellhörig wurde.

„Ich höre", sagte er.

„Also", fuhr ich fort, „gesetzt, du kommst mit einer bestimmten Art von Elfen näher zusammen, als es üblicherweise so geschieht, worauf musst du dann besonders achten?"

„Sprich bitte Klartext, Enkelsohn, und puste mir keine Nebelschleier um die Nase! Vergiss nicht, dass auch ich ein intelligentes Wesen bin. Was willst du wirklich wissen?"

Ertappt! Ich hätte mich ohrfeigen können, wenn das auch nur irgendetwas verbessert hätte. Jetzt musste ich Farbe bekennen, wenigstens teilweise oder ein bisschen.

„Also, pass auf, das verhält sich so: Ich habe gestern auf dem Speicher Sachen erlebt, die ich dir nicht erzählen kann. Zugleich müsste ich dich aber einiges diesbezüglich fragen."

„Oh, wie er sich windet und dreht!", meinte Großvater spöttisch. „Und wie gedenkst du mich Dinge zu fragen, die du mir gleichzeitig verheimlichen willst?"

„Das geht irgendwie nicht", antwortete ich kleinlaut.

„Am besten erzählst du mir gar nichts, sondern stellst mir nur die drängendsten Fragen", schlug er versöhnlich vor.

„Hm", sagte ich, „worauf muss ich also besonders achten?"

„Zum einen musst du wissen, dass die Elementarwesen weder gut noch böse sind. Wenn sie dich irgendwo reinreiten, dann mit Sicherheit nicht, um dir zu schaden, sondern eher aus Schabernack oder Neckerei. Sodann: Wenn du bei ihnen eingeladen bist, achte darauf, dass du weder Speise noch Trank von ihnen annimmst, sonst bekommen sie dich nämlich in ihre Gewalt."

Mein erschrockener Blick musste mich verraten haben, denn Großvater hielt inne.

„Schon passiert, oder?", fragte er.

„Hm", machte ich.

„Was hast du gegessen und was getrunken?", fragte er weiter.

„Einen mini-kleinen goldenen Apfel und einen Willkommenstrunk."

Großvater pfiff durch die Zähne. „Und jetzt?" fragte er.

„Was jetzt?", fragte ich zurück.

„Na, wie fühlst du dich, wie geht es dir, was denkst du …"

„Hm."

Großvater wurde ungeduldig. „Kannst du mal mit dem Gehmme aufhören?", fragte er.

„Hm", antwortete ich, weil ich noch so in Gedanken war.

„Aha", brummte Großvater, „worst case." Er fing an, seinen Schnurrbart zu zwirbeln, und das macht er nur, wenn er auf Hochtouren denkt. Dann stand er auf, blickte mich zerstreut an, sagte „Hm" und ging eilig aus dem Zimmer. Ich blieb ziemlich ratlos zurück.

Als Großvater weg war, spürte ich eine unerklärliche Anziehung hin zu meinen neuen Freunden auf dem Speicher. Es fühlte sich so ähnlich an wie Hunger, war aber nicht auf Essen gerichtet. Also schlich ich mich aus meinem Zimmer und die Treppe hoch zur Speicherklappe, öffnete sie, betrat den Speicher und schloss sie leise wieder hinter mir. Vom anderen Speicherende winkte mir Silvi zu und klatschte in die Händchen.

Ich balancierte quer durch den Raum bis zu ihr hin und umarmte sie. Inzwischen hatte ich mich auf normale Elfengröße verkleinert. Silvi klammerte sich an mich und sagte: „Mama hat gedroht, wenn du mich nicht bald heiratest, macht sie dich tot."

Das überraschte mich jetzt völlig, doch ehe ich etwas sagen konnte, schwirrten Älfi, Sabi und Lora um mich herum, landeten vor und an mir und umarmten mich von drei Seiten. „Du musst Silvi schnell heiraten", raunten sie mir aufgeregt zu, „sonst bringt Mama dich um. Vorsicht, sie kommt gerade!"

Ich stürzte von einem Schrecken in den nächsten, dabei hatte ich ja nicht einmal etwas gegen die Verlobung einzuwenden. Da kam die Elfen-Mutter auch schon aus der dunklen Ecke geschwirrt.

„Schönen guten Morgen, Frau Flusenfreund", begrüßte ich die künftige Schwiegermama, doch sie ließ sich dadurch nicht aus dem Konzept bringen, sondern landete vor mir, umarmte mich und sagte streng: „Heute Nacht feierst du Hochzeit mit Silvi. Meinen Glückwunsch zu deiner Wahl; Silvi ist eine sehr gute Partie, ist im besten Heiratsalter, kann tausend Kinder kriegen, kennt die meisten Blumen, Bäume und Pilze, kann sehr gut tanzen und hat eine riesengroße Verwandtschaft. Du Glückspilz!" Sie knuffte mich verschwörerisch vor die Brust.

„Geht das überhaupt, Frau Flusenfreund", wandte ich ein, „dass wir heiraten, ohne dass wir uns vorher verlobt haben?"

„Klar doch, du Dummer", lachte sie. „Dann müsst ihr nicht mit Kinderkriegen warten, ist doch viel besser. Und hör mir zu: Du kannst Mama zu mir sagen oder meinethalben auch ,Blüte', das ist mein Vorname, aber die Frau Flusenfreund, die lass ab sofort weg, wo wir ja fast schon verwandt sind. Und jetzt komm, wir müssen dich noch richten und haben Hochzeitsvorbereitungen zu treffen."

Damit zog sie mich an der Hand in die Dunkelecke, wo sich die Wohnung der Flusenfreunds befand. Silvi hatte meine andere Hand ergriffen und eilte hinter mir her. Älfi, Sabi und Lora klammerten sich an Silvi und aneinander und schwirrten hinter Silvi her. So kamen wir an den großen Saal, den ich ja von der ersten Verwandten-Vorstellung her schon kannte. Die Elfen-Mama öffnete das Tor und wir traten ein.

Eine unüberschaubare Schar Elfen empfing uns mit Blumen, Blüten und Düften, umschwirrte, umarmte, begrüßte und küsste uns, und das ,Hallo' und das ,Viel Glück euch beiden' nahm gar kein Ende mehr. Nach ziemlich langer Zeit flogen dann plötzlich die tausend und abertausend Elfen einen riesenhaften Kreis um uns herum, sangen ein Hochzeitslied und die Elfen-Mama rief mir zu, das sei der Hochzeitskranz, und wir würden jetzt gerade verheiratet.

„Ich dachte, das geschähe erst heute Abend", rief ich ihr zu.

Sie lachte und sagte: „Abend ist doch schon, Dummerle, hast du gar nicht gemerkt, was?"

Meine tausend Schwägerinnen und – ich weiß nicht wie viel tausend Schwäger tanzten um uns herum, und Silvi zog mich mit in den Tanzkreis hinein. Da tanzten wir vergnügt zusammen, die Verwandten riefen immer wieder „Leben, Freude, Leben", das ist bei den Speicher-Elfen so eine Standardformel bei Hochzeiten, und mir schwirrte von dem Gewusel bald der Kopf; ich war ja derartige Verwandtschaftsverhältnisse noch nicht gewohnt. Andrerseits fand ich es sehr lustig, und Silvi war glücklich, lachte, freute sich und sagte: „Das hätten wir schon früher machen sollen!" Das fand ich auch.

Wie lange wir da feierten, weiß ich nicht mehr; bei den Elfen geht die Zeit stets merkwürdige Wege. Jedenfalls waren wir irgendwann alle müde und beschlossen, am nächsten Tag weiter zu feiern.

Silvi und ich strebten dem Schlafzimmer zu und etwa 50 meiner Schwägerinnen kamen kichernd und tuschelnd als unser Gefolge mit.

„Ist bei uns so üblich", erklärte mir Silvi.

Die ganze Schar folgte uns also unter Lachen, Schwatzen und Scherzen zu einem riesigen Raum, dem Schlafzimmer. Dort waren an den Wänden entlang in Zweierreihen Liegen aufgestellt, in der Mitte des Raumes aber stand ein großes Himmelbett, das war für Silvi und mich gerichtet. Nach fröhlichen Umarmungen und Küssen von allen Schwägerinnen krochen Silvi und ich unter die Federbetten, umarmten uns und wollten schlafen, doch da kamen Älfi, Sabi und Lora zu uns ins Bett gekrochen und sagten, draußen sei schon alles belegt. Ich wollte zuerst protestieren, doch die drei beteuerten, dass sie Silvis Lieblingsschwestern seien und also auch meine Lieblingsschwägerinnen sein müssten, und dass sie auch ein paar Kinder von mir wollten.

„Was sagst du dazu?", fragte ich Silvi ratlos.

„Och", meinte sie, „das ist hier so üblich, ein paar Lieblingsschwestern sind immer beim Brautpaar dabei, und für dich macht das ja keinen Unterschied, wer sich unter der Decke gerade an dich drückt."

„Wirst du da nicht eifersüchtig auf die drei?"

„O je, nein, im Gegenteil! Es ist so lustig, Kinder zu machen, da teilt man doch die Freude miteinander."

„Woher weißt du, dass es lustig ist? Hast du denn schon einmal Kinder mit jemandem gemacht?", fragte ich misstrauisch.

„Nein, bisher nicht; ich weiß es von meinen verheirateten Schwestern."

„Ach so."

‚Na ja', dachte ich, ‚andre Wesen, andere Sitten' und wollte Silvi gerade wieder in den Arm nehmen, als es einen ohrenbetäubenden Schlag gab, die Zimmerdecke stürzte teilweise herab, zwei Wände brachen um und zersplitterten am Boden und überall schrien und klagten Elfen. Wir im Ehebett hatten nichts abbekommen, doch meine Schwägerinnen am Rande des Zimmers waren weniger glücklich gewesen. Einige wühlten sich gerade unter Trümmern hervor, während die verschont Gebliebenen ihnen dabei halfen.

Meine vier Bettgefährtinnen nahmen mich jetzt in die Mitte und riefen: „Schnell weg von hier! Fliegen wir zum Ried."

Ehe ich mich versah, waren wir unter freiem Himmel. Da gab es einen zweiten Schlag, noch schlimmer und lauter als der erste, und ich lag plötzlich rücklings am Boden wie ein abgestürzter Maikäfer. Um mich her blitzte und krachte es. In der Ferne hörte ich meine Elfen jammern. Bevor mir schwarz vor Augen wurde, sah ich eine hässliche dürre Hexe mit roten Zotteln, die meine Silvi an den Haaren festhielt. Dann war es aus mit mir.

DER RAUB

Bevor ich weitererzähle, muss ich zuerst einfügen, was Großvater unternahm, um mich zu retten.

Als er heute Morgen mein Zimmer so schnell verlassen hatte, war mir schon aufgefallen, dass er etwas ausbrütete, was vermutlich darauf hinauslief, dass er einen Weg suchte, um mich aus der Abhängigkeit von den Elfen zu befreien. Das Problem dabei war nur, dass ich gar nicht „befreit" werden wollte und dass ich auch gar nicht meinte, abhängig zu sein. Ich mochte sie halt, meine Elfen, und ich liebte Silvi und ihre Schwestern, vor allem Älfi, Sabi und Lora, aber auch etliche andere, deren Namen ich immer noch durcheinanderbrachte.

Ungeachtet meiner Gefühlslage, Absichten und Gedanken, die er gar nicht kannte, hatte Großvater also den festen Entschluss gefasst, mich zu „retten", und leider war er sehr fantasievoll in Sachen Magie und kannte auch viele Zauber-Experten. Er zögerte nicht lange, sondern rief Eulalia Hackelhick an, die im selben Dorf wie wir wohnte und eine diplomierte Hexe war, das wusste hier jeder.

Eulalia war allerdings überzeugte Schwarzmagierin, eine, die es nicht so mit dem Guten, Frommen, Braven und der Moral hatte, sie nannte sich daher eine „Freie Hexe". Großvater kombinierte vermutlich: „Freie" Hexe, also muss sie sich mit ‚Befreiungen' auskennen. Deshalb rief er bei Eulalia an, ob sie mal schnell kommen und ihm bei etwas Heiklem helfen könne.

Eulalia läutete 20 Minuten später an der Haustür, und Großvater führte sie ins Wohnzimmer. Sie nahm auf dem Sofa Platz und erkundigte sich vorsichtig, worum es denn gehe. Seinen Neffen zu befreien, gab Großvater ihr Auskunft. Eulalia fragte weiter: „Gegen wen richtet es sich dabei?"

„Gegen ein Volk der Speicher-Elfen", antwortete Großvater.

Eulalia pfiff durch die Schneidezähne: „Das wird nicht leicht werden; und das wird auch einiges kosten", sagte sie.

„Tu schon was, Eulalia, ehe ich meinen Neffen ganz verliere! Über den Preis können wir hinterher verhandeln."

„Nur unter einer Bedingung", wandte Eulalia ein.

„Und die wäre", schnaufte Großvater.

„Es wird nicht gefeilscht. Ich sage, was es kostet und du zahlst."

„Eulalia!"

„Meine Bedingungen – oder gar nicht."

„Dann machen wir es halt so, verdammt!"

„So. Jetzt erzähl mir mal, was passiert ist", befahl Eulalia.

Großvater berichtete und Eulalia hörte zu.

„Also Speis und Trank hat er bereits genossen", fasste sie zusammen. „Was noch?", fragte sie weiter.

„Ja, was weiß ich denn? Er hat's mir ja nicht gesagt." Großvater wurde ungehalten: „Eulalia, ich bitte dich! Du sollst keinen Roman über meinen verlorenen Neffen schreiben, sondern ihn befreien!"

„Beim Quitzliputzli!", sagte Eulalia und verdrehte die Augen. „Du bist ja so was von hysterisch! Halt in Quitzliputzlis Namen erst mal die Luft an; wir werden das Kind schon schaukeln."

„Nicht SCHAUKELN, sondern BEFREIEN", bollerte Großvater jetzt los.

Eulalia dachte nach. „Pass auf", befahl sie dann, „wir gehen folgendermaßen zu Werke … *tuschel, tuschel, tuschel* …" Und dabei erklärte sie Großvater ihren Schlachtplan …

„Wie groß sind die Chancen, dass dein Plan gelingt?", fragte Großvater.

Eulalia überlegte, zählte dann etwas an ihren Fingern ab und antwortete: „450 Pro."

„Was soll das denn heißen?", wollte Großvater wissen.

„Na, dass mein Plan zu 450 Prozent sicher ist."

„Hm", meinte Großvater.

Damit stiegen die beiden dann auf unseren Speicher hoch, öffneten die Klappe und betraten den Raum. Opa schloss die Klappe hinter sich. Eulalia balancierte bis ins hintere Speicherende vor und Großvater folgte ihr.

Eulalia griff in ihre Kitteltasche, zog einen Frosch heraus, küsste ihn auf den Kopf und murmelte dabei einen schwarzmagischen Zauberspruch. Dann schleuderte sie den Frosch in jene dunkle Ecke, wo sich auch Familie Flusenfreunds Wohnung befand. Es gab einen fürchterlichen Donnerschlag, Eulalia und mein Großvater stürzten zu der rauchenden Öffnung vor, welche die Explosion des Knallfrosches gerissen hatte und jagten durch hell erleuchtete Flure und Gänge weiter und weiter, bis sie an eine große Saaltür kamen, die sie sogleich aufrissen. Dort warf Eulalia einen zweiten Frosch mitten in den Saal und balancierte mit Großvater zusammen über die Trümmer der zerstörten Wände, bis sie beide ins Freie gelangten. Scharen von Elfen schwirrten jammernd vor ihnen her und um sie herum und versuchten, die Eindringlinge aufzuhalten.

„Da sind sie", schrie Eulalia plötzlich und stürzte voran. Sie packte eine der Elfen, nämlich Silvi, und wehrte drei andere mit der freien Hand ab. Großvater rannte unterdessen zu einer Gestalt, die wie leblos am Boden lag; das war ich. Während er versuchte, mich wiederzubeleben, bemühte Eulalia sich, ihren Fang zu sichern.

Silvi hatte zuerst noch geschrien, dann aber ihre Zähnchen mutig in Eulalias Hand geschlagen, die sie dennoch eisern festhielt, und kräftig zugebissen. Leider bekam sie dabei etwas Hexenblut ab, worauf sie sofort bewusstlos wurde. Älfi, Sabi und Lora, die noch versucht hatten, ihre gefangene Schwester zu verteidigen, flogen jetzt schreiend davon. Eulalia fesselte Silvi mit einer Eisenkette und steckte ihr einen Zipfel ihrer Hexenschürze in den Mund, damit sie nicht schrie, wenn sie erwachte. Dann stopfte sie die Elfe in ihre Tasche zu den Fröschen.

Als ich wieder zu mir kam, lag ich angezogen auf meinem Bett und auf dem Bettrand saß ein sehr zufrieden aussehender, vergnügter Großvater, der seine Wunderdose vom Speicher auf dem Schoß liegen hatte und an deren Innenleben herumfingerte.

„Sieh einer an", sagte er munter, „da befinden sich doch tatsächlich sieben Metalle drin, alle in Form kleiner Zylinder: Gold, Silber, Kupfer, ein Amalgam, Eisen, Zinn und Blei. Ist das nicht genial?"

„Was ist passiert?", fragte ich.

„Wie? Ach so, ja, wir mussten dich befreien."

„Wie bitte? Ihr musstet was?", fragte ich ungläubig.

„Ja, reg dich bitte nicht auf, aber es hat müssen sein. Du bist von Elfen entführt worden."

Ich erhob mich halb von meinem Lager, um Großvater besser ins Gesicht schauen zu können; dabei sah ich auf meinem Nachttisch eine leere Trinkschale mit so komischen Zeichen darauf stehen, die ganz sicher nicht in unseren Haushalt gehörte, und das wunderte mich.

„Was ist das denn?", fragte ich.

„Das ist ein Zauberbecher mit Heiltrank gewesen, den wir dir verabreichen mussten, als du k. o. warst."

„Ein Heiltrank? Igitt! Und wer ist ‚wir'?"

„Frau Hackelhick und ich. War ganz schön schwierig, den Tee in dich rein zu bekommen; du hast ja nicht geschluckt."

„Was war das für ein Tee? Und wofür sollte der sein?"

„Nun, es war ein Mittel zum Vergessen; aus was der Tee hergestellt war, weiß ich nicht."

„Zum Vergessen? Was sollte ich denn vergessen? Und sind jetzt meine Englisch-Vokabeln vom letzten Jahr auch weg?"

„Nur keine Panik", beruhigte mich Großvater, „der Trank hat nur deine Erlebnisse mit den Elfen ausgelöscht."

„Elfen? Großvater, bist du in Ordnung?"

„Danke, mir geht's gut", sagte er und schmunzelte, „scheint ja zu wirken."

Am anderen Dorfende wohnte Eulalia Hackelhick in einem großen alten Haus. Jeder im Dorf wunderte sich, dass die ‚arme Eulalia' sich einen derartigen Luxus leisten konnte; aber möglicherweise hatte sie ja mal etwas geerbt oder jemanden zum Beerben ableben lassen – weiß man bei Schwarzmagierinnen ja nie.

In einem der Zimmer des Hauses stand ein eiserner Käfig, um den herum Eulalia eine Reihe von Pflanzen in Töpfen aufgestellt hatte: Wolfsmilch, Oleander, Kirschlorbeer, Fingerhut, Maiglöckchen, Schöllkraut, Eisenhut und Trollblume. In dem Käfig saß Silvi, hielt die Gefängnisstangen umklammert und war noch immer halb betäubt vom Hexenblut. Sie spürte, dass die innere Zwiesprache mit ihrem Mann Peter unterbrochen war, und das machte sie sehr traurig. Aber sie war dennoch mit ihm verbunden, und das konnte niemand sonst wissen: Sie erwartete nämlich ein Elfenbaby. Schade, dass sie das nicht ihren Schwestern, Brüdern und der Mutter erzählen konnte! Das würde allen zeigen, dass ihr Menschen-Mann genauso gut wie ein richtiger Elf war. Aber warum dachte er nicht an sie?

Im Ried war es seit einigen Tagen sehr lebendig geworden: Ein Schwarm Speicher-Elfen, bestehend aus Frau Blume Flusenfreund mit etwa 20 Elfen-Gatten, ungefähr 2.500 Kindern und ungefähr 3.000 Enkelkindern, war vorübergehend ins Ried umgezogen, weil sie daheim ausgebombt worden waren, und weil einige Verwandte von ihr hier im Ried lebten.

Gleich in der ersten Nacht ließ sie den gesamten Elfen-Clan mit Ausnahme der Elfen-Babys zu einer Elfen-Konferenz zusammenkommen. Sie sagte: „Das Folgende sind die Dinge, die wir untersuchen, prüfen und bearbeiten müssen:

- wohin Silvi entführt wurde;
- warum die Verbindung zu Peter abgerissen ist;
- ob wir unsere zerstörten Wohnstätten auf dem Speicher wieder aufbauen können;
- wir müssen herausbekommen, was neulich passiert ist;
- wir müssen wissen, wer alles gegen uns kämpft;
- falls unser Feind zu stark ist, müssen wir uns um Verbündete bemühen;
- wir müssen unseren Feind mit allen Mitteln schwächen;
- wir müssen uns sputen, falls Silvi und Peterle unter einem Vergessensbann stehen."

Daraufhin wurden die Aufgaben gemäß der Befähigung der einzelnen Elfen verteilt und alle schwirrten davon.

In der darauffolgenden Nacht, als sie wieder zusammenkamen, konnten die meisten Fragen schon weitgehend beantwortet und alle notwendigen Schritte eingeleitet werden. Und dies sind die Ergebnisse:

„Silvi muss bei Eulalia Hackelhick gefangen sein. Die Hexe hatte Silvi am Unglückstag in ihre Gewalt gebracht. Älfi, Sabi und Lora sind dafür Zeuginnen."

„Es steht zu befürchten, dass Peter von ebendieser Hexe einen Vergessenstrank bekommen hat. Deswegen weiß er nichts mehr von uns, und die Verbindung ist abgerissen. Weißdorn hat einen leeren Zauberbecher in Peters Zimmer auf dem Nachttisch stehen sehen."

„Unsere Wohnstätte wird bereits aufgebaut. 10.000 Bau-Zwerge sind seit dem Überfall schon in Aktion. Der Wohnort ist nach wie vor bestens für uns geeignet; das bestätigte Zwergen-Baurat Hämmerle."

„Die Hexe wird vermutlich Peters Großvater vernebelt haben; sie drang nämlich mit ihm zusammen in unseren Wohnbereich ein. Den Eintritt verschaffte sie sich gewaltsam, indem sie mit dekadenten Feuergeistern arbeitete, die anscheinend unter ihrer Herrschaft stehen."

„Die Hexe ist momentan unser einziger Feind; wir benötigen daher keine weiteren Verbündeten."

Mama Flusenfreund lobte die gute Arbeit ihrer Kinder, Enkel und Gatten und fügte an: „Sobald Eulalia unschädlich gemacht ist, können wir Peterle aus seinem Zimmer entführen, bei uns vom Schadzauber der Hexe heilen und dann vollends gesundpflegen. Ein neues Problem ist allerdings Peters Großvater, denn er hatte der Hexe anscheinend sogar den Auftrag erteilt, bei uns einzudringen und Peter von uns wegzuholen; also muss er so bestraft werden, dass es wehtut und er keinen zweiten Versuch unternimmt Peter zu rauben."

Darauf ging die Beratung nahtlos in einen Kriegsrat über. Wie sollte die Hexe wirksam angegriffen und Silvi dabei befreit werden? Und wie hielt man Eulalia von weiteren Untaten ab? Was hatte mit Peters Großvater zu geschehen?

Die Beratung dauerte etwa drei Minuten; bei den Elfen geht alles etwas schneller als bei den Menschen. Blume Flusenfreund gab den Befehl zum Angriff, und die elfische Streitmacht rückte sofort aus.

DER ANGRIFF

Einige von Silvis Brüdern, die Jung-Elfen Griffel, Staubblatt, Knospe, Birkenflügel, Ulmensamen, Libellenreiter, Halmdreher, Gischttropfen, Wegerich und Eisenhut flogen als Späher zum Dorf voraus und schauten durch die Fenster in Eulalias Haus. Da keine Gefahr erkennbar war, gaben sie ihren Schwestern das verabredete Zeichen. Gemeinsam drangen sie in die feindliche Wohnung ein und fingen an, die Räume zu durchkämmen. Die Schwestern suchten nach Eulalia, die Brüder nach Silvi.

Als die Schwestern Eulalias Schlafzimmer gefunden hatten, stellten sich Eberesche, Hagebutte, Blütenblatt und Schlehbeere vor Eulalias Bett und legten einen Elfenzauber über die Hexe, dieweil Traubenkirsche, Iris, Odermennige, Tränenherz, Hasel, Weißdornblüte, Schneeballerina und Adlerfarn mit gespannten Elben-Bogen auf Eulalias Erwachen warteten. Als der Elfenzauber fertig gewoben war, schrien alle zusammen: „Eulalia, die Hütte brennt!"

Eulalia, die sehr schlecht geschlafen und noch schlechter geträumt hatte, fuhr entsetz aus ihrem Bett hoch und blickte sich um. Kaum hatte sie jedoch das Federbett abgeworfen, schwirrten auch schon acht Bogensehnen, und acht schlanke Elben-Pfeile bohrten sich in Eulalias Brust, Hüften und Rücken. Traubenkirsche, Odermennige und Hasel riefen: „Hexenschuss!", Iris, Tränenherz und Weißdornblüte riefen: „Ischias!" und Schneeballerina und Adlerfarn, deren Pfeile in Eulalias Hüften staken, riefen: „Arthrose!" Die Pfeile in Eulalias Brust ließen sie als Reserve noch unbesprochen. Darauf schulterten sie ihre Bogen und eilten hinter ihren Brüdern her.

Eulalia war mit einem Ächzen aufs Bett zurückgesunken und versuchte, eine erträgliche Lage zu finden. „Verdammt! Ich habe in letzter Zeit nicht mehr Diät gehalten", murmelte sie, „jetzt kommt die Quittung dafür."

Inzwischen hatten Silvis Geschwister den Raum entdeckt, in welchem ihre Schwester gefangen gehalten wurde. Sie schwirrten hinein, landeten um den Käfig herum und begannen ihr Werk: Die Schwestern woben Schutz- und Öffnungszauber über dem Käfig, während ihre Brüder denselben nach einer Tür oder Öffnung absuchten. Doch da gab es keine: links, rechts, vorne, hinten, unten, oben – alles war total zu; sogar auf „Lirevohiou", der magischen siebten Seite des Käfigs, war nhts zu finden.

„Dann müssen wir halt den ganzen Behälter mitnehmen, die Zwerge bekommen den schon auf", sagte Griffel und die anderen nickten.

Sie packten den Käfig an seinen eisernen Stäben, was ihnen dank des Schutzzaubers möglich war, und flogen mit ihm zum Ried zurück. Silvi bekam davon nur wenig mit; sie litt noch an der Hexenblutvergiftung.

Unterdessen war ein anderer Trupp Elfen in Großvaters Wohnhaus eingedrungen und hatte dort alle Zimmer durchsucht. An Großvaters Bett hatten sich die Bogenschützen versammelt und noch einmal kurz beraten, wie schlimm die Strafe für sein Vergehen ausfallen solle. Schließlich hatten sie sich für eine milde Strafe entschieden, weil er nur naiv und nicht böswillig gehandelt hatte. Er bekam daraufhin einen dicken Hexenschuss-Pfeil durch das Federbett hindurch in den Rücken gejagt und einen zweiten, dünneren zur Reserve ins Kreuz; der letztere wurde nicht besprochen und war daher einstweilen schmerzfrei. Danach durchkämmten die Elfen die restlichen Zimmer, und als sie zu Peter kamen, ergriffen sie ihn und flogen mit ihm durchs Fenster hinaus zum Ried.

Eulalia hatte sich mühsam aus dem Bett gekämpft und war mit Hilfe eines Knotenstockes in die Küche gewankt. Sie trank eine halbe Flasche Schwedenkräuter, worauf sie so bedudelt war, dass sie kaum noch Schmerzen verspürte. Aus Freude an ihrem gestrigen Fang machte sie einen kleinen Umweg über das Gefängniszimmer; sie wollte eigentlich nur schnell nach der Gefangenen sehen und den Anblick genießen.

Doch wie groß waren ihr Entsetzen und ihr Zorn, als sie sah, dass der Käfig weg war. Zuerst spuckte sie Gift und Galle. Dann atmete sie tief durch, versuchte sich zu konzentrieren und stieß einen fürchterlichen Zauberspruch aus, womit sie drei Hilfsgeister herbeirief, die ihrem Befehl folgen mussten: einen Graubündner Bergtroll namens Steinschlag, einen süddeutschen Verkehrsunfalls-Troll namens Bumm und den schottischen Wasserdrachen Feuerknucker, einen Cousin des Ungeheuers im Loch Ness. Sie ließ Feuerknucker kurz an der leeren Käfigstelle schnüffeln und Witterung aufnehmen und schickte die drei Hübschen dann hinter dem geraubten Käfig her. Notfalls sollten sie ihn mit Gewalt zurückbringen.

Feuerknucker flog mit der Käfig-Witterung in der Knollennase seinen magischen Kollegen voraus und diese folgten ihm. Sie flogen so schnell, dass sie die Zeit überholten und die Elfen mit dem Käfig noch weit vor dem Ried erreichten. Steinschlag fiel sogleich gewalttätig über die Elfen her, Bumm klatschte alle diejenigen zu Boden, die fortfliegen und Hilfe herbeiholen wollten und Feuerknucker blies zwei Feuerströme links und rechts am Käfig vorbei, so dass die Elfen die Gitterstäbe schnell loslassen mussten. Darauf schnappte er sich in einer akrobatischen Meisterleistung noch in der Luft den führerlosen Käfig, machte einen Looping, und schon rauschten die drei Ungeheuer Richtung Dorf davon. Silvi, die sich über ihre Befreiung schon gefreut hatte, jammerte leise im Käfig.

Die Elfen, die Peter entführt hatten, waren erfolgreicher als ihre jüngeren Geschwister; sie kamen mit dem Raub unbehelligt ins Ried und legten den schlafenden Peter auf ein vorbereitetes Lager aus Farnkraut und Baldrian. Frau Blume Flusenfreund trat mit ihrer Urgroßmutter Kamille, einer angesehenen Heilerin, an Peters Lager, und die beiden begannen, den Menschen-Jungen gründlich zu untersuchen.

„Au weia", sagte Kamille, „wer hat das gemacht?"

Blume erklärte: „Diese Dorfhexe Eulalia war's."

„Der arme Kerl hat einen Vergessenstrunk erhalten", stellte Kamille fest, „wir sollten ihm einen starken Erinnerungstrank als Gegenmittel brauen."

„Liegt kein Schadzauber auf ihm?", fragte Blume.

„Doch, leider. Irgendetwas Vertracktes ist da, aber das zu knacken wird schwierig werden", antwortete Kamille. „Kannst du vielleicht schon mit dem Brauen des Erinnerungstranks beginnen? Ich hole schnell meine Urgroßmutter Lavendel, die kennt sich mit Schadzaubern und Bannsprüchen besser aus als ich."

„Gut", sagte Blume und schwirrte davon. Wie sie eben aus Peters Laubgemach flog, kam gerade die Schar ihrer jüngeren Kinder an, die Silvi hätten mitbringen sollen.

„Oh, oh", rief sie erschrocken, „was ist passiert?"

„Drei Ungetüme haben uns noch vor dem Ried abgefangen und uns den Käfig weggenommen."

„Und Silvi?"

„Steckt noch im Käfig", antworteten sie niedergeschlagen.

„Legt schnell einen Bann über das Dorf, damit die Hexen-Helfer nicht zu ihrer Meisterin zurückfinden und fügt auch einen starken

Verwirrzauber dazu, dann verlieren die Feinde ihre Richtung und fliegen in die Irre."

Ihre Töchter und Söhne machten sich sogleich ans Werk. Über das Dorf legte sich im Nu ein dichtes Netz aus Lichtfäden, die alles unter ihnen Liegende verbargen. Das ganze Dorf glitzerte vor Zauber.

Steinschlag, Bumm und Feuerknucker wollten im Sturzflug auf das Dorf hinuntersausen, aber da war gar kein Dorf mehr, und als sie eine bestimmte Höhe unterflogen hatten, gerieten sie auch noch voll in den Verwirrzauber der Elfen. Jetzt kamen sie völlig durcheinander. Sie flogen im Zickzack von Dorf zu Dorf und als sie 2.583 Dörfer abgesucht und als falsch erkannt hatten, nahm Feuerknucker Kurs auf Schottland und wollte nur noch heim. Steinschlag und Bumm, die beide sehr gewalttätig, aber nicht sehr helle waren, flogen brav hinterher.

Alle drei landeten am Ufer des Loch Ness bei Dochgarroch auf der A 82, stellten den Käfig neben der Autostraße ab und fingen an, sich zu putzen. Da die Fäden des Verwirrzaubers aber ziemlich hartnäckig an ihnen klebten, waren sie ziemlich lange beschäftigt. Am Ende stiegen sie alle drei in den See, badeten, soffen und planschten. Dabei vergaßen sie allmählich Elfen, Käfig und Gefangene, ja sogar Eulalias Anweisung, flogen nach dem Planschen noch eine Weile von See zu See, deren es dort sehr viele gibt, und trennten sich dann fröhlich wieder. Den Käfig ließen sie stehen.

Ein schottischer Elfen-Clan fand den Käfig mit der immer noch ein wenig betäubte Silvi darin. Eine zauberkundige Elfen-Oma wob einen Schutzzauber über das Metall, dann nahmen die schottischen Elfen den Käfig auf und brachten ihn in den Cairngorms-Nationalpark westlich von Aberdeen, wo sie zu Hause waren.

Ein in der magischen Schmiedekunst bewanderter Berg-Gnom sägte so viele Stäbe aus dem Gefängnis, dass Silvi bequem herausklettern konnte. Sie erzählte ihren Rettern, was bei ihr daheim passiert war und dankte ihnen für ihre Befreiung.

Die Elfen-Oma wob einen Heil- und einen Schutzzauber über sie und alle wünschten ihr ein schönes Baby. Dann flog Silvi heim.

HOFFEN UND WARTEN

Als Silvi ankam, herrschte bei ihrem Clan große Freude über ihre Befreiung, und alle wollten ihrer Schwester zu Ehren gleich ein riesiges Fest feiern. Nur Silvi war nicht in Feierlaune. Sie eilte zuerst an Peters Bett, fand diesen jedoch nur schlafend vor. An seinem Lager standen ihre Mutter Blume, ihre Ur-Urgroßmutter Kamille und ihre Ur-ur-ur-ur-Urgroßmutter Lavendel. Alle drei machten bedenkliche Gesichter.

Das änderte sich jedoch sofort, als Silvi eintrat, so sehr freuten sie sich über ihre Befreiung; sie schlossen Silvi in die Arme und gaben ihr etwa 2.000 Elfenküsse. Als Lavendel ihre Ur-ur-ur-ur-Urgroßenkelin losließ, sagte sie: „Aus Elfchen werden Elfen. Ich wusste ja gar nicht, dass du schwanger bist!"

Kamille und Blume machten große Augen und umarmten Silvi noch ein zweites und ein drittes Mal. Ihre Mutter fragte: „Hast du unterwegs einen schönen Elf getroffen?"

„Aber Mama, das Baby ist doch von Peter", erwiderte Silvi.

„Oioioioi, das ging aber schnell", bemerkte ihre Mutter erstaunt, „ihr seid doch höchstens zwei Minuten im Hochzeitsbett gelegen."

„Hat schon genügt", sagte Silvi vergnügt. „Doch sagt mir ehrlich, wie geht es ihm? Bekommt ihr ihn wieder gesund?"

„Geheilt ist er eigentlich schon", sagte Kamille, „und er müsste sich jetzt auch an alles Erlebte wieder gut erinnern können, doch er glaubt hartnäckig, er habe alles nur geträumt. Er verweigert die Wirklichkeit und meint, allein die menschliche Traumwelt, in der erwachsene Menschen üblicherweise dahindämmern, sei wahr und wirklich."

Blume erklärte: „Peter muss einen merkwürdigen Schadzauber abbekommen haben, der gar nicht nach Eulalia Hackelhick aussieht, weil er so kompliziert ist, und wir finden nicht heraus, wer ihn gewoben hat. Doch schau selbst!"

In diesem Augenblick schlug Peter die Augen auf, reckte sich, betrachtete erstaunt seine Umgebung und stand auf. Silvi wollte sich in seine Arme werfen, doch Peter sah sie gar nicht an. Er sah auch sonst niemanden, ging einfach hinaus und wanderte draußen umher.

„Bis jetzt haben wir ihn im Kreis umherwandern lassen, damit er wegen seiner Heilbehandlung schön in der Nähe bleibt", sagte Lavendel, „aber irgendwann müssen wir ihn auch wieder heimschicken."

Silvi bat: „Lasst ihn noch ein paar Nächte hier; vielleicht kann ich ihn ja heilen."

Die drei Älteren lächelten und nickten.

Großvater machte sich größte Vorwürfe, dass er die Hexe um Hilfe gebeten hatte. Irgendetwas war seither im Hause und draußen gestört, und sein Peter war ja auch schon wieder weg. Allmählich dämmerte ihm, dass vielleicht sein Hexenschuss und Peters Verschwinden mit seinem eigenen Angriff auf die Elfen im Speicher zu tun haben könnten.

„Wenn es nur wieder gutzumachen wäre", dachte er.

Da er unter schlimmsten Schmerzen litt, wenn er sich bewegen musste, war er nicht sehr unternehmungsfreudig, dennoch hinkte er irgendwann auf den Speicher hoch und balancierte über das im Wege liegende Sperrgut hinweg zum hinteren Speicherende. Dort setzte er sich auf einen Stuhl und wartete, doch nichts geschah, außer dass ihm kalt wurde, und da ging er halt wieder.

Als er die Speicherklappe anheben wollte, sah er auf deren Innenseite einen Zettel kleben. Er riss ihn ab und las: „Lieber Großvater! Im Hause gefällt es mir nicht mehr. Ich bin für ein paar Tage im Ried. Grüße, Peter."

„Na, Gott sei Dank!", stöhnte Großvater. „Wenigstens lebt er noch."

Peter verspürte einen unerklärlichen Widerwillen gegen sein Zuhause und war froh, ein paar Tage davon wegbleiben zu können. Er erinnerte sich verschwommen an etwas überwältigend Schönes, von dem er mit Gewalt weggerissen worden war und ebenfalls wusste er noch, dass sein Großvater sich in irgendeiner Weise daran beteiligt hatte, ihm das Begehrte zu entziehen; doch um was genau es sich dabei gehandelt hatte, entzog sich immer dann seiner Erinnerung, wenn er intensiv daran zu denken versuchte.

An dem Abend nach Silvis Rückkehr ins Ried fiel ihm plötzlich etwas ein: Dass er nämlich auf dem Speicher geheime Dinge nur dann hatte finden können, wenn er sie nicht direkt fixiert, sondern aus den Augenwinkeln heraus beachtet hatte. Dabei kam ihm die Idee, das könne er auch als Patentrezept für seine gestörten Erinnerungen verwenden. Also versuchte er, nicht mehr gezielt in sie einzudringen, sondern schweifte mit den Gedanken in weiten Bögen um die letzten Tage herum, in welchen das Vergessene geschehen war.

Plötzlich sah er vor seinem inneren Auge eine Schar Elfen. „Jetzt dreh ich total durch", stöhnte er und konzentrierte sich schnell wieder auf die Büsche und Bäume seiner Umgebung. Sein restlicher Tag ging dann mit Kreiswanderungen dahin. Das heißt, er lief geradeaus und stets in dieselbe Richtung und gelangte dennoch immer wieder an seinen Ausgangsort zurück; es war wie verhext.

Als es dunkel wurde, legte er sich erschöpft auf sein Lager in der Laubhütte und schloss die Augen. Silvi kam dann zu ihm, kuschelte sich daneben und schlang ihre Ärmchen um ihn. Allmählich wurde er kleiner und kleiner und erreichte endlich wieder Elfengröße. Jetzt nahm Silvi ihn ganz fest in die Arme und flüsterte ihm ins Ohr: „Peterle, ich bin wieder da. Deine Elfenfrau liegt hier und zwischen uns liegt auch unser Elfenkind. Sag mir, wie ich es nennen soll."

Doch Peter wachte nicht auf. Er schlief bis zum Morgen durch, wuchs vor dem Erwachen wieder zu Menschengröße heran, und als er die Augen aufschlug, sah er um sich herum nur grüne Wildnis und sonst nichts. Vage Traumbilder, deren Erinnerungen ihn irgendwie quälten, stiegen gelegentlich bei Tag ihm auf, doch er hielt sie für schlimme Träume.

Silvi suchte am Morgen Lavendel, Kamille und ihre Mutter auf. „Könnt ihr mir helfen?" fragte sie, „wie bekomme ich mein Peterle wieder zurück?"

Die drei Älteren berieten sich und beschlossen dann, zuerst bei Gnomen, Undinen und Salamandern um Rat zu fragen. Die sagten ihnen aber, dass es wohl einer weisen Frau oder eines weisen Mannes aus dem Menschenreich bedürfte, um dieses Problem zu lösen, denn Menschen könnten eher abschätzen, was in den Jungen gefahren sei.

Das berichteten die drei ihrem Clan. Da beschlossen die Elfen, solche Weisen aufzusuchen. Sie schwärmten umher und flogen dabei über die ganze Welt. Am Ende hatten sie fünf Eingeweihte gefunden, die Dänin Anna, die Chinesin Wang, den Schwarzafrikaner Mikola, den

Malaien Sieela und die Indianerin Takalawi, die bereit waren, mit ihnen in das deutsche Ried zu kommen.

Peter war unterdessen heimgekehrt und hatte sein altes Leben teilweise wieder aufgenommen; aber irgendetwas fehlte ihm, er konnte nur nicht sagen, was, und das quälte ihn. Er war mürrisch und unzugänglich und ließ niemanden an sich heran. Nachts träumte er von einer niedlichen kleinen Elfe, die ihn besuchte; derartige Träume hielt er jedoch allen Ernstes für Träume. Tags sehnte er sich mehr oder weniger unbewusst nach etwas Verlorenem, doch was da verloren sei, wusste er nicht. Wenn er im Wald spazieren ging war ihm manchmal, als ob er nicht allein sei, doch wenn er sich dann spähend umsah, konnte er niemanden und nichts entdecken.

An einem der folgenden Tage kamen die zur Konsultation geladenen Weisen in Begleitung der Elfen im Ried an. Sie wurden sehr herzlich begrüßt, willkommen geheißen und bewirtet. Da sie Eingeweihte waren, konnten Speise und Trank bei den Elfen ihnen ja nichts anhaben.

Am Abend führten Lavendel, Kamille, Blume und Silvi sie zu Peters Nachtlager im Hause seines Großvaters, und da standen nun alle um Peters Bett herum. Die Weisen betrachteten Peters Körper ganz genau, dann lockten sie seine Seele und seinen Geist, die wieder einmal im Ried weilten, ins Haus zu seinem Körper zurück und untersuchten auch diese gründlich. Sie besprachen sich sogar behutsam mit seinem Geist und tasteten vorsichtig seine Seele ab, dann lächelten sie, nickten einander zu und verließen mit Kamille und Lavendel zusammen wieder das Haus.

Silvi blieb bei Peter und nahm ihn wieder in den Arm.

DIE BERATUNG

Bei den Exil-Elfen im Ried fand eine große Versammlung statt. Die Elfenmutter erzählte den Weisen, wie gut Menschen und Naturgeister vor dem Angriff Großvaters und der Hexe miteinander ausgekommen waren; dann beschrieb sie diesen Angriff selbst und welche Folgen er gezeitigt hatte. Schließlich schilderte sie, was die Folgen für ihre Töchter und deren Kinder bedeuteten. Die Weisen hörten aufmerksam zu und baten dann zunächst die Dänin, das Ergebnis ihrer gemeinsamen Untersuchung bekanntzugeben.

Die Angesprochene verneigte sich vor den Elfen und begann also: „Liebe Elfen, ich möchte euch herzlich grüßen und euch reichen Segen von unser aller Mutter wünschen! Mein Name ist Anna. Mit meinen Freunden zusammen habe ich mir Peter genau angesehen. Was wir gefunden haben, wird euch wenig Freude bereiten: Einerseits ist Peter, den ihr alle lieb habt, gesund und ohne jeden Hexenzauber; das ist die gute Botschaft. Aber für euch und vor allem für Silvi folgt jetzt die schlechte Nachricht: ,Gesund sein' heißt bei einem normalen Menschen, dass er mit Beginn der Erdenreife die Welt der Naturgeister verlassen muss und ins Exil der Naturferne verbannt wird, wo er jahrelang umherirrt, bis er durch mitgebrachte frühe Reife oder durch die natürliche späte Reife höheren Alters wieder den Weg zurück findet. Peter wurde durch Hexenkräfte und die jähe Trennung von euch etwas zu früh in die Pubertät hinabgestoßen, doch auch ohne das Eingreifen Eulalias wäre er nicht mehr lange euer Gefährte geblieben. Er hat das Alter zum Sich-Lösen erreicht und wird lange nicht mehr zu euch zurückfinden, so traurig das auch für euch, für Peter und seine entzückenden Gemahlinnen sein mag."

Anna machte eine kleine Pause. Sie sah, wir traurig die Elfen bei ihren Worten geworden waren. Blume fragte: „Wird das Baby, das Silvi erwartet, dann ihr einziges Kind mit Peter bleiben?"

Der Malaie Sieela trat vor, verneigte sich und antwortete: „Das muss nicht so sein. Silvi wird ihn im Schlafe ganz für sich haben können, doch Peter wird das immer nur unbewusst wahrnehmen. Das genügt dann zwar, um viele Elfenbabys zu empfangen, doch ihren Peter bekommt Silvi dadurch nicht mehr zurück, und ihr Schmerz wird davon nur desto größer werden, jedenfalls während der ersten Jahre."

„Gibt es einen Weg, den Menschenmann zu verzaubern und ihn dadurch zu uns zurückholen?", fragte Kamille.

Die Chinesin Wang trat vor, nickte und sprach: „Den gibt es tatsächlich, doch ist er gefährlich für den Menschen. Peter würde durch einen Liebeszauber in seiner gesunden Entwicklung empfindlich gestört und dadurch von Aufgaben abgehalten werden, die ihr vor seiner Geburt gemeinsam mit ihm beschlossen habt. Der Preis für Silvis Glück wäre also zu hoch."

Lavendel fragte: „Und wenn wir einen solchen Liebeszauber immer nur für kurze Zeit weben würden, manchmal nachts, manchmal tags, vornehmlich im Frühling und vielleicht gelegentlich im Sommer – wären dann die Folgen für den Jungen immer noch so schlimm?"

Die Indianerin Takalawi trat vor und antwortete: „Diese Form des Zaubers hätte noch die wenigsten Nachteile für ihn; es würde aber dennoch viele Jahre dauern, bis er bewusster mitbekäme, was in Wirklichkeit mit ihm geschieht. Doch weil er sich nun einmal für die Hochzeit mit einer Elfe entschieden hat, könnte es ein Weg sein, um Peter und Silvi vor der Verzweiflung zu bewahren."

Silvis Mutter fragte: „Und was müssen wir tun, um den schlechten Einfluss der Verzauberung auf Peters Entwicklung auszugleichen?"

Der Schwarze Mikola trat vor, verbeugte sich und sprach: „Ihr könntet ihn künstlerisch so anregen, dass er Musik machen, tanzen, malen und Dinge erschaffen will. Dadurch gleicht er die schlechten Wirkungen des Zaubers auf seine Entwicklung einigermaßen aus.

Was wir fünf euch aber gerne anbieten möchten, wenn ihr das auch wollt, ist eine Art Patenschaft, die wir für Peter übernehmen könnten. Ihr dürft uns außerdem immer rufen, wenn ihr unsere Hilfe braucht."

Als der Schwarze fertig gesprochen hatte, standen die Weisen auf, verneigten sich vor den Elfen und verschwanden.

Die Elfen blieben noch in der Versammlung, denn sie hatten weitere Fragen zu klären. Als erste fragten Älfi, Sabi und Lora, was nun mit ihnen geschähe; sie hätten mit Silvi zusammen Peter genießen wollen und nun sei alles schon nichtig, bevor es überhaupt angefangen habe. Auch sie hätten ihre Kinder von Peter haben wollen.

Ihre Mutter lächelte und sagte: „Das soll nun unsere geringste Sorge sein. Ihr könnt Peter ja immer auch dann beiwohnen, wenn Silvi ihn hat oder hatte. Für die übrige Zeit nehmt ihr euch halt eure Lieblingselfen zum Kuscheln. Etwas anderes haben wir nicht anzubieten."

Die drei nickten ernst und schwirrten dann zu Silvi davon, der sie die Ergebnisse der Beratung berichten wollten. Inzwischen besprachen die Zurückbleibenden, wie der Zauber für Peter gewirkt werden solle und wer ihn auf Peter legen könne.

Als Älfi, Sabi und Lora zu Silvi und Peter in das Haus im Dorf kamen, fanden sie ihre Schwester, die Peter fest im Arm hielt, und beide schliefen.

„Berichten wir es ihr halt morgen", flüsterten sie sich gegenseitig zu und schoben sich vorsichtig zu den zweien unter die Decke. Dann umarmten sie einander und schliefen ebenfalls ein.

Als Blume, Kamille und Lavendel später noch nach Peter schauen wollten, sahen sie, dass alle fünf friedlich beieinander lagen und nur ein Gewirr von Armen und Beinen unter der Decke hervorschaute. Die drei lächelten und flogen still wieder davon.

ᕲ

In der Zwischenzeit hatte sich die Hexe Eulalia mit ihrem Hexenschuss und ihrer Arthrose bös zu plagen. Sie konsultierte schließlich einen berühmten schwarzmagischen Zauberarzt namens Hugohuck Kaiman aus dem Nachbarland und ließ sich von ihm untersuchen, ob ihre Beschwerden natürlicher Art oder durch irgendeinen Bann hervorgerufen seien.

Der Zauberer betrachtete sie durchdringend, dann griff er mehrmals nach etwas an ihrem Rücken, ihren beiden Hüften und ihrer Brust. Achtmal zog er mit einem Ruck etwas Unsichtbares aus Eulalias Körper, legte es auf eine Eisenschale, bespuckte es und schrie: „Zeige dich, zeige dich, zeige dich!" Da wurden auf dem Metall acht schlanke Pfeile sichtbar, deren Spitzen noch blutig waren.

Eulalia ächzte zuerst, dann stöhnte sie erleichtert auf. „Saupack!", sagte sie, und als der Zauberer wütend zu ihr hinsah, fügte sie schnell hinzu: „Die Elfen meine ich natürlich, nicht dich."

Sie erhob sich von ihrem Lager. „Was kostet deine Behandlung?", fragte sie.

„Du lässt mich drei Nächte mit dir das Lager teilen, und wir sind quitt", antwortete Hugohuck.

Eulalia verdrehte die Augen. „Barzahlung wäre mir lieber", murmelte sie.

DER ZWEITE ANGRIFF

(2 JAHRE SPÄTER)

Die Zwergen-Baumeister hatten die Wohnstätten der Elfen neu aufgebaut, und diese Bauten waren jetzt schöner und größer als zuvor. Als die Elfen vom Ried zurück ins Haus und auf den Speicher umzogen, freuten sie sich über die schmucken Wohnstätten.

„Das verdanken wir dieser verhutzelten Zauberhexe Eulalia", pflegte Blume mit einem Schmunzeln und gleichzeitigen Schnauben zu sagen.

Auch familiär war es vorangegangen: Blume selbst war Mutter zweier weiterer Töchter geworden, und Silvi hatte Terpe, eine auffallend schöne Tochter geboren und war schon wieder schwanger, desgleichen Älfi, Sabi und Lora.

Die vier bemühten sich so lieb um Peter, doch der bekam davon überhaupt nichts mit, es war eine Tragödie! Nun, es hätte natürlich alles noch schlimmer kommen können; doch Blume hegte einen tiefen Groll gegenüber Eulalia und sann auf Rache.

Gelegenheit dazu sollte sie bald bekommen. Als einige ihrer Töchter eines Tages von einem Dorfbummel zurückkehrten, berichteten sie aufgeregt, dass sie Eulalia quietschvergnügt und ohne sichtliche Schmerzen durch das Dorf hätten spazieren sehen. Die acht Elben-Pfeile seien anscheinend wirkungslos geworden.

„Das Miststück soll leiden", fauchte die Elfenmutter, „schießt ihr noch ein paar Pfeile in den Hintern."

Das wurde mit Vergnügen zur Kenntnis genommen und an die anderen Geschwister weitergegeben.

„Magst du schießen?", fragten sie Silvi. „Du hast von ihr den größten Schaden gehabt."

„Gern", nahm Silvi den Auftrag an, „ich mach's aber zusammen mit Älfi, Sabi und Lora; ich bin mit Pfeil und Bogen nicht so gut."

„Sind die drei aber auch nicht", gaben die älteren Geschwister zu bedenken.

„Wenn jede von uns zwei Pfeile abschießt, wird schon einer davon irgendwo treffen", meinte Silvi leichthin.

„Spickt die Alte, wie sie es verdient hat", rieten die älteren Geschwister, lachten und machten sich davon.

Silvi suchte Älfi, Sabi und Lora auf, die an verschiedenen Stellen des Hauses weilten. Manchmal hüteten sie auch Silvis Tochter; doch heute war die kleine Terpe bei ihrer Großmutter.

Die vier Elfen holten ihre Langbogen und Köcher vom Flur und flogen ins Dorf hinaus. An der Dorfstraße legten sie sich auf die Lauer. Nach zwei Stunden Menschen-Zeit kam Eulalia beschwingten Schrittes die Straße entlang. Sie hatte sich eine halbe Flasche Schwedenkräuter genehmigt, und zwar prophylaktisch, falls sie wieder einmal Hexenschuss bekommen sollte, von welchem Hugohuck Kaiman sie kürzlich kuriert hatte, und sie wirkte ziemlich beschwipst. Ihr Schritt war beschwingt, doch nicht durchgehend gradlinig.

Das sollte sie, ohne dass sie das ahnte, am heutigen Tage vor schlimmem Ärger bewahren, denn als die vier Jung-Schützen ihre Pfeile abschossen, machte Eulalia auf der völlig geraden Straße eine jähe Kurve, die dem Schnaps geschuldet war, und entging dadurch elegant der ersten Salve der Elfen. Blitzschnell hatten diese ihre zweiten Pfeile auf die Sehnen gesteckt und wollten die Fehlschüsse wettmachen, als Eulalia ihren zweiten Schlenker auf der Straße hinlegte, um den vorigen, der in die falsche Richtung geführt hatte, zu korrigieren. Just das rettete sie vor der zweiten Salve. Vergnügt strebte sie dem Ortsausgang zu und ahnte nicht, wie viel Glück sie gehabt hatte. Die vier Elfen schauten ihr verdutzt hinterher.

„Wir müssen noch mehr Pfeile holen", meinte Sabi.

„Blöde Hexe!", schimpfte Älfi.

Und Lori meinte, sie sollten lieber zuerst ihre Mutter fragen, weil die Hexe ja vielleicht aus eigener Kraft die Pfeile abgewehrt haben könnte; und dann sei sie gefährlicher, als sie alle angenommen hätten.

Eulalia kurvte noch bis zum Dorfrand weiter, dann flog sie in Mäandern zum Nachbardorf, wo eine Metzgerei war, und kaufte sich ein Stück Schweinehals fürs Mittagessen. Mit der Tüte in der Hand mäanderte sie durch die Lüfte zurück, kurvte dann vom Dorfrand aus zu Fuß bis zu ihrem Haus und schwankte in die Küche, wo sie das Fleisch in die Pfanne legte. Sie brutzelte es auf kleiner Flamme und ging in ihr Spiegelzimmer, um die Zeit auszunutzen.

Dort blickte sie in ihren Zauberspiegel und fragte ihn: „Was gab's heute Neues?"

Im Spiegel tauchte eine große Flasche Schwedenkräuter auf. „Weiß ich doch, Blödmann", fauchte sie und präzisierte dann ihre Frage: „Was gab es Neues im Dorf?"

Im Spiegel erschien die Frau des Schmieds im Schlafzimmer des Schreiners, sodann der Bauer Kröger im Bett der Gemahlin des Ortsvorstehers Oberlin, weiterhin Meyers Lina in den Armen von Fritz – wenn das ihre Eltern wüssten! – und der kleine Heinrich stahl gerade Schokolade in Mutters Speisekammer. Ein Trupp Elfen schoss zwei Salven auf die Dorfhexe Eulalia ab, traf aber daneben und …

„Halt!", rief Eulalia und wurde augenblicklich fast nüchtern. „Das will ich noch einmal genau sehen!"

Der Spiegel zeigte nochmals die vier Elfen mit ihren Waffen.

„Das ist doch die Höhe!", brüllte Eulalia. „Friedliche Leute am helllichten Tag zu überfallen! Na, wartet!"

Weil sie sich nicht allein an die Elfen getraute, setzte sie sich in eine Ecke des Spiegel-Zimmers, konzentrierte sich auf eine Fernflug-Gedankenbotschaft und verfeinerte diese, bis sie so schlank und lang wie ein Elbenpfeil war, die schickte sie dann an Hugohuck Kaiman. Die Nachricht lautete: „Hugohuck! Brauche deine Hilfe! Wurde von vagabundierenden Elfen am helllichten Tage angefallen und bin nur dank meiner Schwedenkräuter dem Tod entgangen. Erwarte dich gegen 16 Uhr zum Kaffee. Verdammt, Deine Eulalia."

Da bemerkte Eulalia erst den schwarzen Qualm im Zimmer. Sie rannte durch den Flur, der ebenfalls voll öligen Rauchs war und fluchte: „Au weia, mein Mittagessen! Der schöne Schweinehals! Diese quitzliputzli-verdammten Elfen!"

Das Fleisch war trotz Eulalias abartigem Geschmack nicht mehr genießbar, und in der Pfanne musste sie eine halbe Stunde lang herumraspeln, bis sie alle Schweine-Kohle wieder daraus entfernt hatte. Als Trost und weil sie hungrig war, trank sie die verbliebene Hälfte ihrer Literflasche Schwedenkräuter leer. Danach war der Hunger weg und Eulalia kurvte ins Schlafzimmer.

Hugohuck empfing die Botschaft im selben Moment, als sie abgeschickt wurde.

‚Au weia, die Elfen‘, dachte er, ‚das will gut vorbereitet sein.‘

Er setzte sich in sein Wohnzimmer und überlegte, wie er Eulalia helfen, den Elfen schaden und sich selbst aus der Schusslinie heraushalten konnte. Er schrieb eine Liste aller Möglichkeiten, um ihnen schlimm zu schaden:

1. Haus anzünden (Benzin)
2. Haus in die Luft sprengen (TNT oder Dynamit)
3. Elfen mit Giftmischung besprühen (E 605)
4. Atombombe auf das Dorf werfen (im Darknet erhältlich?)
5. Elfenkönigin gefangen setzen (?)
6. Einsatz von magischen Untieren (Kategorie 1 plus)
7. Einsatz von Schadzauber
8. Schlimmbann (schwarzmagische Blut-Opfer!)
9. Kombination mehrerer Maßnahmen (z. B. 6, 7, 5)

Hugohuck seufzte. Das Problem war, dass er nur Mittel einsetzen konnte, die hinterher den Verdacht auf andere lenken würden; daher waren die richtig brutalen Methoden, welche stets die beste Wirkung zeitigten, durchweg tabu. Die Elfen würden sich irgendwann rächen wollen, so viel war klar; also musste der Verdacht von Anfang an auf andere gelenkt werden, notfalls auf Eulalia. Irgendwann war Hugohuck vom Nachdenken dermaßen erschöpft, dass er am Schreibtisch einnickte.

Um 16 Uhr erschien Hugohuck in Eulalias Küche. Pfui Deibel, wie stank es hier verbrannt!

„Eulalia! Wo bist du?", rief er. Keine Antwort.

Er ging durch den dunklen Flur zum Schlafzimmer. Kurz vor der Tür stolperte er über eine leere Literflasche und wäre fast gestürzt.

„Verdammte Kukahunka!", fluchte er.

Er öffnete die Schlafzimmertür, da lag Eulalia angekleidet auf dem Bett und schnarchte.

„Eulalia!", rief er, worauf diese erschrocken hochfuhr.

„Was ist los?", fragte sie.

„Du hast mich gebeten zu kommen, schon vergessen?"

„Ach so, ja, ich komme. Geh schon ins Wohnzimmer."

Hugohuck drehte sich um und schritt hinüber; Eulalia folgte ihm. Der Zauberer setzte sich in einen Sessel und blickte zu ihr empor.

„Ich dachte, ich sei zum Kaffee eingeladen", sagte er mürrisch.

„Stimmt, warte einen Moment."

Eulalia eilte in die Küche und kam wenig später mit einem Tablett, Kaffee und Geschirr zurück. Das stellte sie auf den Tisch. Dann tranken sie zuerst Kaffee und machten „Smilltilk", so nennt man bei Magiern die lockeren Plaudereien.

Schließlich fragte Eulalia: „Was schlägst du vor, was können wir wegen der verdammten Elfenbrut tun?"

Hugohuck machte ein wichtiges Gesicht und sprach: „Leider stehen uns die drastischen Kampfmittel nicht zur Verfügung; sie wirbeln zu viel Staub auf. Daher schlage ich Folgendes vor:

1. Einsatz von Schadzaubern und
2. Einsatz von magischen Untieren, dann
3. Elfenkönigin gefangen setzen."

„Und was machen wir, bitte schön, mit der Gefangenen?", fragte Eulalia.

„Wir verwenden sie als Druckmittel: Ewigen Verzicht auf feindliche Maßnahmen im Austausch gegen die Elfen-Königin."

„Genial!", freute sich Eulalia. „Das klingt doch schon mal gut!"

Inzwischen hatten die vier jungen Elfen der Mutter ihre Fehlschüsse gebeichtet.

„Das ist deshalb schlecht", sagte Blume, „weil Eulalia euren Überfall jetzt im Zauberspiegel sehen kann. Bei ihr daheim wäre es unauffälliger abgelaufen; da hat sie ja auch letztes Mal unseren Angriff nicht bemerkt. Was aber offen auf der Dorfstraße geschieht, schaut sie sich fast täglich im Spiegel an, da wird sie euch vier bereits entdeckt haben. Jetzt dreht sie sicher den Spieß herum und wir müssen ab sofort mit einem ihrer Angriffe rechnen. Allerdings ist sie auch sehr vorsichtig, um nicht zu sagen feige; daher wird sie sich zuerst Hilfe holen. Das Beste wäre, wir würden die gesamte Elfenschar sogleich zu ihr nach Hause schicken und sie und alle ihre Helfer oder Helferinnen mit Pfeilen spicken. Diesmal sollen sie Durchfall und Hirnhautentzündung davon bekommen! Auf, sagt den anderen Bescheid!"

Zwei Menschen-Sekunden später flog die gesamte Elfen-Streitmacht ins Dorf. Sie umzingelten Eulalias Haus, drangen von überall her in die Zimmer ein und schossen einen ganzen Hagelsturm von Pfeilen auf den Zauberer und die Hexe ab. Die sahen danach aus wie Igel mit gesträubten Stacheln. Die dazugehörigen Zaubersprüche raunten die Elfen unhörbar hinter den Pfeilen her, sodass weder Hugohuck noch Eulalia zunächst etwas bemerkten. Dann zog die Schar der Angreifer sich unhörbar zurück.

„Was war das denn eben gerade gewesen?", fragte Hugohuck seine Zauber-Kollegin. „Da war doch irgendwie eine komische Stimmung hier."

„Erdstrahlen", vermutete Eulalia, die schon wieder Durst auf Schwedenkräuter verspürte und daher unkonzentriert war.

Da beide weder Schmerzen empfanden noch weitere Ungereimtheiten wahrnahmen, richtete der Zauberer seine Aufmerksamkeit wieder auf die Ausgestaltung des Angriffsplans und kam gar nicht auf die Idee, dass bereits eine Attacke auf ihn und seine Kollegin erfolgt sein könnte. Die Elbenpfeile blieben also in ihnen stecken und begannen allmählich zu wirken.

Zuerst musste Eulalia aufs Klo und rannte hinaus: „Bin gleich wieder da!" Sie war noch nicht ganz fertig, als Hugohuck an ihrer Türklinke rüttelte.

„Hast du eine zweite Toilette?", rief er und versuchte, dem Druck im Innern mit wütendem Gegendruck zu begegnen.

„Im 2. Stock", rief Eulalia von drinnen.

Hugohuck rannte zur Treppe, nahm treppauf jeweils drei Stufen auf einmal und erreichte dessen ungeachtet nur mit knapper Not das Ziel.

Als sie im Wohnzimmer wieder zusammenkamen, waren sie etwas unkonzentriert.

„Was hast du in den verdammten Quitzliputzli-Kaffee gemischt?", fragte Hugohuck misstrauisch.

„Nichts, dafür hatte ich ja gar keine Zeit."

„Na, egal, jetzt machen wir jedenfalls mit der Planung weiter ... Du, kann ich ausnahmsweise auch das untere Klo benutzen? Ich muss schon wieder ..."

„Wenn's denn sein ..." Doch da war Hugohuck bereits ziemlich weit weg. „Unbeherrschter Schmierfink", zischte Eulalia vor sich hin, doch da ergriff auch sie ein weiterer Anfall; jetzt war sie es, die zum 2. Stock hochrannte und nur mit knapper Not den Zielort erreichte.

Als sie beide wieder im Wohnzimmer zusammenkamen, waren sie sehr unkonzentriert, schlimmer als zuvor.

„Also, jetzt aber zu unseren Plänen", leitete Hugohuck die nächste Konferenzrunde ein.

„Ich bin ganz Ohr", antwortete Eulalia.

„Zu Punkt 1", begann Hugohuck, „für welche Form von Schadzauber wollen wir uns entscheiden, bevor wir uns Punkt 2, dem Einsatz von Ungeheuern, zuwenden? – Moment mal, Eulalia, ich muss, beim Quitzliputzli, schon wieder – ich geh geschwind noch mal aufs untere Klo ..."

Damit blieb Eulalia allein im Wohnzimmer sitzen – doch nicht lange, denn von einem geheimnisvollen inneren Drang gehetzt, rannte auch sie im nächsten Augenblick in den 2. Stock ...

Als die beiden wieder im Wohnzimmer zusammensaßen, waren sie noch viel, viel schlimmer unkonzentriert als zuvor.

„So hat das keinen Wert", stellte Eulalia fest, „ich hole uns Medizin."

Damit eilte sie zur Speisekammer und brachte zwei Literflaschen Schwedenkräuter herbei. Sie stellte eine vor Hugohuck hin, die andere an ihren eigenen Platz am Tisch und rannte dann zur unteren Toilette.

„Komme gleich wieder", rief sie von unterwegs.

„Jetzt konzentrier dich halt mal, dummes Huhn", rief Hugohuck hinter ihr her. Dann sprang er auf und rannte seinerseits in den 2. Stock hoch.

Als die beiden wieder im Wohnzimmer zusammenkamen, waren sie geschafft.

„Kann ich bei dir übernachten?", fragte Hugohuck mit schwacher Stimme.

„Aber im Gästezimmer", bestimmte Eulalia.

Dann klemmte jeder seine Flasche Schwedenkräuter unter den Arm und rannte zur nächsten freien Toilette.

DIE RACHE

(1 JAHR SPÄTER)

Es zeigte sich bald, dass des Zauberers und der Hexe geheimnisvolle Durchfall-Attacken sehr ernst waren. Drei Tage lang lagen sie stöhnend im Haus der Hexe herum und konnten zuletzt nur noch auf allen Vieren zum jeweils freien Klo kriechen, dann bekamen beide auch noch stechende Kopfschmerzen. Eulalia rief die 112 an und bestellte den Notarzt. Als dieser kam und die beiden Patienten so blass und mit Ringen unter den Augen vorfand, ließ er sie sofort in einen Krankenwagen schaffen und ins nächstgelegene Krankenhaus fahren. Dort wurden sie in den Seuchentrakt verlegt und jeder an den Tropf gehängt, wobei Eulalia heimlich noch eine Zusatztherapie mit Schwedenkräutern machte. Der Zauberer war zu schwach, um die Schwedenkräuter-Flasche zum Mund hoch zu bekommen.

Die beiden Magier wären vielleicht nie hinter die Ursache ihrer Erkrankung gekommen, hätte ihnen nicht ein läppischer Zufall in die Hände gespielt: Als sie bereits vier Wochen bei Zwieback, Haferschleim, Wasser und Schwedenkräutern im Krankenhaus lagen, erhielt Hugohuck Krankenbesuch von einem befreundeten Kollegen – soweit schwarzmagische Zauberer überhaupt befreundet sein können. Vielleicht wollte der Besucher auch nur schauen, ob es mit Hugohuck schon dem Ende zu ginge.

Dieser Besucher hieß Kinntopp Pampe und war Spezialist für Schein und Täuschung, weshalb ihn von seinen Kollegen nie jemand ernst oder beim Wort nahm, da fest erwartet wurde, dass er log oder einen betrog, sobald er etwas sagte. Aus diesem Grunde litt Kinntopp an Isolations-Depressionen. Außerdem wurden ihm die Krankenbesuche, die er gelegentlich bei seinesgleichen machte, als üble Weicheierei angekreidet, weil kein normaler Schwarzmagier, der etwas auf sich hält, so perverses Zeug wie Krankenbesuche macht.

Kinntopp betrat also das Zimmer, in welchem Hugohuck lag und sich gerade mit der Literflasche Schwedenkräuter abmühte, und sagte: „Verdammter Kukahunka!", was bei europäischen Magiern als eine herzliche Form der Begrüßung gilt.

Hugohuck ließ die Flasche sinken und krächzte: „Kukahunka Fitzliputzli!"

„Was ist denn mit dir passiert?", fragte Kinntopp und betrachtete Hugohuck genauer.

„Keine Ahnung", antwortete dieser, „muss mir einen Virus eingefangen haben."

Kinntopp fixierte den Kranken und lächelte.

„Was gibt's da zu grinsen?", fragte Hugohuck gereizt.

„Nun", sagte der Besucher süffisant, „wenn du das Wörtchen ‚Virus' durch den Begriff ‚Elbenpfeile' ersetzest, kommst du der Sache wohl näher. Ich sehe mindestens drei Dutzend Pfeile aus dir herausragen."

Hugohuck war von dieser Mitteilung so erschüttert, dass er einen Rückfall seines Durchfalls bekam und mit Überschallgeschwindigkeit zur Toilette rannte.

Als er zurückkehrte, kochte er vor Wut: Wut auf die Elfen, Wut auf sich selbst und Eulalia und Wut auf Kinntopp, der die Wahrheit herausgefunden hatte, die ihm selbst entgangen war. Anstatt sich jetzt aber bei Kinntopp anständig zu bedanken, wie das ein Weißmagier machen würde, warf Hugohuck ihm zuerst eine leere Schwedenkräuterflasche und danach einen Blendzauber an den Kopf, sodass Kinntopp nicht mehr Schein und Wirklichkeit auseinanderhalten konnte, und dann verbannte er ihn dorthin, wo der Pfeffer wächst, sodass das Zimmer mit einem Schlag besucherfrei war.

Jetzt bekam Hugohuck durch seinen Zorn auch ganz mühelos die volle Flasche Schwedenkräuter hoch und nahm einen sehr, sehr tiefen Zug.

Bei den Speicher-Elfen hatte sich wieder sehr Erfreuliches zugetragen: Silvi stillte gerade ihre zweite Tochter Perlete, und Älfi, Sabi und Lora hatten jede ihr erstes Kind bekommen. Und alle vier waren auch schon wieder schwanger.

„Das läuft ja hervorragend", sagte ihre Mutter bewundernd und sah sich die Enkelkinder genau an: Alle fünf Mädchen waren Töchter von Peter und außergewöhnlich schöne Kinder, ein bisschen Mensch, viel Elfe und – ja: einfach goldig.

„Hm", meinte Blume versonnen, „das nächste Mal will ich auch von Peter geschwängert werden; die Kleinen sind ja absolut süß!"

Ihre vier Töchter freuten sich über das Lob, denn sie waren natürlich stolz auf ihre Kinder.

„Komm doch gleich heute Nacht", lud Silvi Blume ein, „Peter ist zur Zeit gut in Form; es wird dir Spaß machen."

Wie sie so plauderten, kam eine ihrer älteren Töchter, Blütenblatt, vorbei und sagte: „Es hat sich herumgesprochen, dass die Hexe Eulalia aus dem Krankenhaus entlassen wurde und wieder ins Dorf zurückgekehrt ist. Wann immer sie Besuch von diesem hässlichen Zauber-Kerl Kaiman erhält, sitzen die beiden zusammen und brüten etwas aus. Deswegen ist Hasel gestern Abend heimlich ins Haus eingedrungen und hat mit angehört, was das Zauberpack so vorhat."

„Das war ja zu erwarten", meinte Blume, „vielleicht sollten wir sie noch einmal spicken?"

„Au fein", riefen die Töchter und klatschen in die Hände.

„Sag deinen Brüdern", wandte Blume sich an Blütenblatt, „sie sollen sich zuerst einen richtig guten Angriffsplan ausdenken. Heute Nacht will ich mit Peter und den Mädchen zusammen ins Bett, aber morgen können wie das Pack dann gemeinsam igeln."

Mit dieser Weisung an ihre Brüder flog Blütenblatt davon.

Eulalia und Hugohuck brüteten tatsächlich über Racheplänen, und diesmal waren dieselben richtig schlimm. Hugohuck wiederholte noch einmal, was er bereits vor der gemeinsamen Erkrankung an Möglichkeiten ersonnen und der Zauber-Kollegin aufgezählt hatte:

1. Einsatz von Schadzaubern; dann und zugleich
2. Einsatz von magischen Untieren; schließlich
3. Elfenkönigin gefangen setzen.

„Als Schadzauber habe ich an die Bummschlag-Beschwörung gedacht", erläuterte Hugohuck das mögliche Vorgehen. „Dabei setzen wir gleichzeitig die Krampf-Drachen frei, welche die Elfenmutter umwirbeln und so lange mit Schwefelwasserstoff besprühen, bis sie umfällt. Zugleich mit den Krampfdrachen beschwören wir einen Fitzliputzli-Elfenfänger herauf. Der packt dann die Mutter-Elfe und bringt sie irgendwohin, egal wo ..."

„Nach Schottland, an den Loch Ness", fiel ihm Eulalia ins Wort.

„Meinethalben an den Loch Ness", stimmte ihr Hugohuck zu. „Dort aber wird es nun richtig schwierig: Wir müssen sie nämlich so dort festsetzen, dass sie nie wieder davonkommt." Er schwieg nachdenklich.

„Das übernimmt ein Steinbinder-Unhold", schlug Eulalia vor.

„Zu schwach", widersprach der Zauberer.

„Dann ein Lokalifix-Dampfwalzer?", fragte Eulalia zögernd.

„Sehr gefährlich", meinte Hugohuck nachdenklich, „könnte aber funktionieren."

Jeder von ihnen nahm einen großen Schluck Schwedenkräuter.

„Wie können wir vermeiden, dass sie befreit wird?", fragte Eulalia.

„Durch strengste Geheimhaltung", belehrte sie Hugohuck, „niemand darf erfahren, wohin sie gebannt wird. Fremde Elfen können ihr diesmal nicht helfen, und die eigenen wissen nicht, wo sie ist."

„Genial!", sagte Eulalia anerkennend und nahm noch einen Schluck aus der ziemlich leeren Flasche.

Hugohuck, der im Krankenhaus ebenfalls nach Schwedenkräutern süchtig geworden war, griff gleichzeitig nach seiner Flasche, in der sich noch knapp drei Schlucke befanden.

Beide ahnten nicht, dass ihre Pläne schon in Statu nascendi hinfällig waren; hinter dem Büffet saß nämlich Silvis Schwester Hasel und hörte schaudernd zu. Als der Zauberer und die Hexe mit zwei neuen Flaschen Schwedenkräuter in Eulalias Schlafzimmer hinübergingen, machte sich Hasel unhörbar davon.

Daheim wollte Hasel gleich zu ihrer Mutter fliegen und Bericht erstatten, doch diese lag mit Silvi, Älfi, Sabi und Lora bei Peter im Bett und wollte die Nacht über nicht gestört werden. Erst am nächsten Morgen war sie wieder zu sprechen.

„Wie war's?", fragte Hasel prompt, weil Elfen in Bezug aufs Kinderkriegen kein bisschen prüde, sondern sehr natürlich und direkt sind.

„Oh, es war toll", schwärmte Blume, die noch ganz begeistert war, „stell dir vor, wie gut es unseren vier Peterlingen geht, dass sie mit Peterle jederzeit schmusen dürfen! Ich glaube, ich will mich da auch anschließen."

„Du machst mich ja richtig neugierig", sagte Hasel. Dann berichtete sie, was sie bei Eulalia erfahren hatte.

Als Blume den Schlachtplan der Magier hörte, wurde sie ganz aufgeregt.

„Jetzt müssen wir uns doch noch Hilfe holen; das wird für uns eine Nummer zu groß", sagte sie, und da sie sehr impulsiv war, flog sie auch sofort los.

Im Wald befand sich eine geheime Lichtung und auf dieser gab es eine streng geheime Stelle, die mit allen anderen Punkten der Erde magisch verbunden war. Dorthin flog die Elfenmutter und rief die fünf Menschen-Weisen zu Hilfe, die den Elfen schon einmal beigestanden waren. Da erschien stellvertretend die Dänin Anna auf der Lichtung und Blume berichtete, was ihre Tochter Hasel bei der Hexe im Haus aufgeschnappt hatte.

Die Weise lächelte und sprach: „Wer sich in Gefahr begibt, kommt darin um. Das gilt jetzt für die zwei Zauber-Kasper, die wieder einmal nicht wissen, mit was für Kräften sie sich da verbünden. Sei unbesorgt, wir werden euch und euren Wohnsitz schützen."

Blume war sehr erleichtert, dankte ihr und flog heim.

Eulalia und Hugohuck bereiteten nun alle Handgriffe für den Zauber vor, um dann sofort zur Ausführung schreiten zu können. Eulalia hatte vorsichtshalber einen Notizzettel vor sich liegen, auf dem sie sich ihre Vorgehensweise noch einmal notiert hatte, damit sie während der Beschwörung keine wichtigen Einzelheiten vergaß, vor allem falls es aufregend werden sollte:

1. Einsatz von Schadzauber: **Bummschlag-Beschwörung,** dann und zugleich:
2. Einsatz von **7 magischen Krampf-Drachen** (aus der Fauleier- Kategorie),
3. zugleich **2 Fitzliputzli-Elfenfänger;** mit deren Hilfe:
4. **Elfenkönigin gefangen setzen und zum Loch Ness bringen. Dort** 2 Lokalifix-Dampfwalzer schon bereit halten!

Zuerst tranken beide einen großen Schluck Schwedenkräuter, dann konzentrierten sie sich auf das Haus, in dem die Elfen wohnten.

Jetzt sagte Hugohuck „BUMM!" und Eulalia „SCHLAG!", darauf wieder Hugohuck „BUMM!" und Eulalia „SCHLAG!" und das immer weiter und im Wechsel, wobei sie das Tempo steigerten. Zuletzt brüllten sie abwechselnd ihr jeweiliges Wort und Hugohuck entzündete in einer Metallschale ein Pulver, das funkelnd und mit heller Flamme aufloderte und versprühte.

Jedes ihrer Worte wirkte jetzt auf das angegriffene Haus wie ein schwerer Hammerschlag. Aus dem Fachwerk flogen ganze Stücke der Füllungen heraus, so dass überall in den Wänden Löcher entstanden. Nun warf Eulalia den großen Glaskolben mit Drachenspucke zum Fenster hinaus. Leider hatte sie vergessen, das Fenster zuvor zu öffnen, dadurch brach der Kolben klirrend durch die Fensterscheibe, die in tausend Stücke zersprang, was zur Folge hatte, dass etwas Spucke ins Zimmer zurückspritzte. Die rauchte heftig und über ihr erhoben sich sofort die schuppigen Leiber von Drachen, die in Sekundenbruchteilen zu Riesenechsen aufschwollen und den Platz im Wohnzimmer drastisch verkleinerten. Eulalia wollte eines der Viecher mit dem Kochlöffel hinausscheuchen, doch die Echse schnappte sich den Löffel und schluckte ihn hinunter.

„Verdammtes Vieh, mein Küchenbesteck!", heulte Eulalia auf.

„Halt die Klappe und mach weiter!", brüllte Hugohuck ihr zu.

Draußen entwickelten sich die Krampfdrachen ähnlich schnell wie im Zimmer und Hugohuck brüllte: „Marsch! Zu den Elfen!" Worauf sich alle Drachen brav in die Lüfte erhoben und auf das anvisierte Haus zuflogen, um das herum sie in der Luft ihre Kreise zogen.

Eulalia verbrannte jetzt eine geheime Kräuter-Mischung á l'Eulalia in einem Schmelztiegel, aus deren Rauch zwei herrliche Fitzliputzli-Elfenfänger emporstiegen.

„Mirsch! Zi din Ilfin!", brüllte Hugohuck, diesmal auf Fitzliputzlisch, worauf auch diese Wesen gehorchten, zum Elfenhaus hinüber flogen und sich in den Drachenreigen einfügten.

Jetzt nahm Eulalia den süddeutschen Verkehrsunfallstroll Bumm, der in der Küche angebunden bereitstand, am Ohr, zog ihm dasselbe schmerzhaft lang und flüsterte hinein: „Zum Loch Ness! Weise ihnen den Weg!"

Bumm heulte auf und wiederholte: „Zum Loch Ness."

„Halt die Klappe!", fauchte Eulalia.

„Halt die Klappe", wiederholte der Troll, weil er dachte, das gehöre sich so. Dann hielt er sich sein Ohr und suchte das Weite.

„Idiot", schrie Eulalia hinter ihm her, „warte doch auf die Drachen und die Fitzliputzli-Elfenfänger!"

Bumm sah sich ängstlich nach Eulalia um und flog dann ebenfalls im Kreis um das betroffene Haus herum, zum Glück in derselben Flugrichtung wie die Drachen.

Nun kniete sich Hugohuck auf den Zimmerboden und beschwor am Loch Ness zwei Lokalifix-Dampfwalzer, was deshalb so schwierig war, weil der Loch Ness in Schottland liegt, und das ist ziemlich weit weg. Doch es gelang! Am Nordende des Sees, bei Dochgarroch, erhoben sich aus dem Schlamm zwei mächtige Lokalifix-Dampfwalzer und stampften zum Ufer hinüber. Jetzt hatte die Beschwörung ihren Höhepunkt erreicht.

DIE STRAFE

Unterdessen waren die Elfen von einem leeren Nachbarhaus aus
Zeugen geworden, wie der Zauber in Eulalias Haus sich schrittweise
entwickelt hatte. Nach und nach wuchsen vor dem Haus der Hexe
alle möglichen magischen Hilfsgeister aus dem Nichts, die nur von
den Elfen gesehen werden konnten. Zwischendrin erhob sich plötzlich das Krampfdrachen-Geschwader aus den Nebeln einer heraus-
geschleuderten Flasche, schwang sich auf Befehl des Zauberers
knatternd in die Lüfte und fing an, um den vermeintlichen Elfen-
standort seine Kreise zu ziehen. Unter ihnen flogen ziemlich unauf-
fällig zwei Fitzliputzli-Elfenfänger und ein süddeutscher Verkehrsunfallstroll mit.

Um das andere Gebäude, worin die Elfen evakuiert waren, hatte die
Dänin Anna einen Schutzzauber gelegt, den keine der magischen
Schönheiten zu durchdringen vermochte.

„Sollen wir auch etwas unternehmen?", fragte die Elfenmutter die
dänische Weise.

„Lass nur", antwortete diese gelassen, „der Spuk löst sich gleich von
selbst auf."

So blickten sie weiterhin fasziniert zu ihrem verlassenen Haus hinüber und genossen das gefahrlose Zauber-Spektakel.

„Ich verstehe ja nicht, warum die Fitzliputzli-Elfenfänger sich nicht
schon längst die Elfenkönigin geschnappt haben", sagte der Zauberer jetzt im Hexenhaus beunruhigt. „Eigentlich müssten die schon
nach Schottland unterwegs sein."

„Hm", machte die Hexe.

Mittlerweile flogen die Krampfdrachen zum 2.358. Mal im Kreise um den vermeintlichen Elfen-Aufenthaltsort herum. Die ersten von ihnen verdrehten bereits ihre Glubschaugen, weil ihnen von dem unablässigen Kreisen schwindlig wurde. Die beiden Fitzliputzli-Elfenfänger waren ebenfalls schon ziemlich geschafft; sie machten noch bis zur 4.716. Runde mit, dann verblasste in ihren magischen Gehirnen der Befehl des Zauberers, sie drehten sich in der Luft um und flogen zum Hexenhaus zurück.

Unterdessen war den kreisenden Drachen von ihrer undrakonischen Kreis-Flugbahn derart schwindlig geworden, dass die ersten von ihnen Drachenkotze erbrachen. Drei von ihnen stürzten auch plötzlich hinter dem Haus ab und blieben wimmernd in einem Kräuterbeet mit Schnittlauch und Petersilie liegen.

Auch die zwei Lokalifix-Dampfwalzer am Ufer des Loch Ness' in Schottland wurden schon etwas ungeduldig und begannen, am Ufer des Sees entlang zu galoppieren. Zum Glück für die Bevölkerung waren sie unsichtbar, weil das Schauspiel in der Nähe der A 82 sicher Aufsehen erregt und Unfälle verursacht hätte; immerhin maßen die magischen Geschöpfe 8 mal 4 mal 6 Meter!

Als der Verkehrsunfallstroll die Fitzliputzli-Elfenfänger abdrehen sah, scherte auch er aus der Dauer-Kreisflugbahn aus und folgte ihnen panisch. In seinem Trollgehirn blitzte Eulalias Schottland-Befehl auf, er bemerkte daher gar nicht, dass die Elfenfänger Zwischenstation machten und raste Richtung Norden.

Die Fitzliputzli-Elfenfänger hatten bereits wieder das Hexenhaus erreicht, waren 260-mal in Gegenrichtung zur vorigen Flugbahn darum herum geflogen und drangen nun durch das zerbrochene Fenster ins Hausinnere ein. Dort packten sie die kreischende Eulalia, verließen das Haus wieder auf dem Wege über das zerbrochene Fenster und flogen Richtung Schottland davon.

„Kukahunka! Die Sache läuft aus dem Ruder", sagte der Zauberer, der sich beim Auftauchen der Fitzliputzli-Elfenfänger unter den Tisch geflüchtet hatte. „Was mache ich jetzt?"

In seiner Bedrängnis eilte er in Eulalias Schlafzimmer, wo auf dem Nachttisch das Handbuch der Magie lag, das Eulalia immer als Einschlaf-Lektüre diente. Er schlug das Stichwortregister auf und suchte den Begriff „missglückte Zauber".

Inzwischen waren aber auch die Krampfdrachen weitere tausend Kreisbahnen geflogen und schließlich völlig ausgelaugt zu Boden gegangen. Doch der magische Befehl in ihren Geisterköpfen ließ sie nicht ruhen, sodass sie sich knirschend wieder aufschwingen mussten und in Ermanglung eines neuen Befehls Richtung Hexenhaus zurückschwirrten.

Wieder erwies sich das zerbrochene Fenster als Katastrophe, denn die Drachen konnten dadurch ungehindert ins Haus gelangen. Da sie auch dort keine Elfen vorfanden, ergriffen sie statt ihrer den kreischenden Zauberer, der ihnen den stressigen Rundflug ums Elfenhaus aufgenötigt hatte. Mit diesem Ersatz flogen sie zum Fenster hinaus, beschleunigten unter freiem Himmel und jagten mit mehrfacher Überschallgeschwindigkeit in die unbekannten Gefilde des Jenseits hinüber, wo sie ursprünglich herkamen.

Ein Zeuge des Vorgangs berichtete der Polizei später unter Eid, dass er Herrn Kaiman schreiend durch die Lüfte habe fliegen sehen und derselbe mehrfach „Kukahunka, meine Schwedenkräuter!" gerufen habe. Die Polizei allerdings zweifelte den Bericht an.

Herr Hugohuck Kaiman wurde danach nie wieder gesehen.

Inzwischen hatten die Fitzliputzli-Elfenfänger hinter dem vorauseilenden Troll Bumm die Hexe Eulalia an den Loch Ness gebracht, wo sie sie am Nordufer bei Dochgarroch einfach ins Wasser fallen ließen. Zum Glück für Eulalia betrug die Fallhöhe nur etwa zwei Meter. Da die Aufgabe der Ungetüme damit quasi erfüllt war, setzten sie zur Landung an und zerplatzten dann knapp über der Wasseroberfläche.

Es gab eine laute Explosion und zwei große Funkenregen und alle Autofahrer auf der A 82 meinten, ein Düsenflugzeug habe die Schallmauer durchbrochen. Außerdem wurden die beiden Lokalifix-Dampfwalzer, die noch in der Umgebung frei herumstrolchten, durch den Knall auf diese Stelle des Sees aufmerksam, an der soeben Eulalia zeternd ans Ufer gekrochen kam. Die Lokalifix-Dampfwalzer, die zwar stark, aber so strunzdumm waren, dass sie nicht zwischen Hexe und Elfe unterscheiden konnten, stürzten sich auf Eulalia und überwalzten sie an Ort und Stelle, sodass Eulalia platt, aber immer noch schimpfend am Boden klebte.

Zum Glück fiel ihr rechtzeitig eine Zauberformel ein, mit welcher sie die Ungetüme verscheuchen konnte. Freilich war sie jetzt durch einen Orts-Zauber gebannt, was ihr den Heimflug unmöglich machte. Dort, wo sie von den Walzern hingeplättet worden war, musste sie jetzt 80.000 Jahre und 3 Monate bleiben und konnte sich nur innerhalb eines Radius von etwa 10 Kilometern um das Drückizentrum herum bewegen.

In Elfen-Berichten aus Schottland heißt es, sie habe ihren Getränkebedarf widerwillig von den dort unerschwinglichen Schwedenkräutern auf schottischen Whisky umgestellt.

DAS ERWACHEN

(53 JAHRE SPÄTER)

Himmel, bin ich ein alter Mann geworden! Ich hatte kürzlich meinen Siebzigsten und hätte nie gedacht, dass ich mal so alt werde. Der Aufmerksamste bin ich auch nicht mehr, denn ich hatte im Herbst während der Obsternte einen wirklich saudummen Unfall: Ich habe es tatsächlich geschafft, die Leiter so doof an einen Baum zu stellen, dass sie sich um sich selbst drehte, als ich mich an ihrer höchsten Stelle zum Pflücken emporreckte.

Die Leiter blieb dann anders herum stehen, ich nicht. Nach sechs Metern freien Fluges landete ich auf der festen Erde – klar, wo sonst? Nun, ich will nicht jammern, es hätte schlimmer kommen können als es kam. Zunächst schien alles heil geblieben zu sein, doch nach etlichen Wochen stellte sich eine Blutvergiftung am Bein ein, und so musste ich dann doch noch ins Krankenhaus.

War es der Schlag bei meiner Landung oder die lange ereignisarme Liegezeit mit Krankenhauskost, Lesen und Langeweile – jedenfalls begann ich, über mein Leben ernsthaft nachzudenken. Das ist an und für sich nichts Ungewöhnliches, das machen andere auch; doch was dadurch passierte, war dann doch ziemlich krass, und dabei hatte das, was eintrat, sich eigentlich schon länger vorbereitet; ich konnte mich plötzlich an Dinge erinnern, die ich jahrzehntelang völlig vergessen hatte.

Ich träumte nachts von vergangenen Ereignissen und hangelte mich tags darauf an ihnen entlang zu immer ferneren Erinnerungen. Dabei stieß ich auf eine Erinnerungs-Bastion, die sich nicht im Handumdrehen einnehmen ließ; es ging dabei um frühe Kindheitserlebnisse mit meinem Großvater, bei welchen irgendetwas auf unserem

Speicher eine wichtige Rolle gespielt hatte. Ich stieß immer wieder auf dieselben verschlossenen Türen in meiner Erinnerung. Ich strengte mein Gedächtnis mächtig an, doch da verweigerte es die Zusammenarbeit und ließ mich im Stich. Dennoch bohrte ich weiter. Und dann öffneten sich irgendwann alle Tore zugleich und enthüllten mir immer neue Einzelheiten.

Und jetzt kommt der Clou: Da war etwas mit „echten" Elfen gewesen – unglaublich, oder? Dieser Erinnerungsstrang plagte mich anfangs besonders, ich bin schließlich kein Psycho und habe auch keinen Sprung in der Schüssel, also nicht dass ich wüsste … Aber ich konnte die Erinnerungen drehen und wenden, wie ich wollte – die Elfen blieben immer erhalten.

‚Okay', dachte ich, ‚dann habe ich halt tatsächlich Elfen gesehen. Was ist schon dabei?' Doch so gelassen wie ich jetzt tue, war ich nicht. Abends bekam ich schon fast Angst vor weiteren „Enthüllungen".

An einem Sonntag im Herbst war ich zu ganz normaler Zeit schlafen gegangen. ‚Normal' heißt bei mir, so um 22 Uhr, und ‚schlafen gehen' heißt eigentlich ‚lesen'. Ich lese nämlich immer etwa eine Stunde lang vor dem Schlafen und lösche dann erst das Licht. Das machte ich auch an diesem Sonntag. Doch der sollte anders als alle vorigen verlaufen …

Ich erwachte mitten in der Nacht, weil mich etwas an der Nase kitzelte. Ich knipste das Licht an – und was sah ich? Elfen!!! Ganze Scharen von Elfen. Ich atmete tief durch, doch die Elfen blieben.

„Was macht ihr denn da?", fragte ich vorsichtig.

Plötzlich brach ein Sturm an Stimmchen los, das rief und zwitscherte und piepte und war unglaublich aufgeregt und aufregend und ich vernahm ganz deutlich: „Er sieht uns wieder, er sieht uns, er kann uns sehen; sagt es schnell unseren Müttern!!!" Worauf sich fünf wunderschöne Elfen meinem Bett näherten und mich ernst betrachteten: „Erkennst du uns wieder?", fragte eine von ihnen, welche die älteste zu sein schien.

„Ihr kommt mir bekannt vor", antwortete ich. „Aber noch kann ich mich nicht klar an euch erinnern. Es hängt irgendwie mit unserem Speicher zusammen, stimmt's?"

„Genau", nickte die Älteste. „Deine Erinnerung wird jetzt schnell wiederkommen. Bis es soweit ist, frischen wir dein Gedächtnis noch etwas auf: Ich bin Blume. Vor 73 Jahren hast du mich gefragt, ob du meine Tochter Silvi zur Frau bekommst."

„Und, bekam ich?"

„Ja, ihr beiden habt dann am selben Tag noch geheiratet."

Eine andere wunderhübsche Elfe trat vor mich hin und sagte: „Ich bin deine Frau Silvi. Wir haben zusammen 30 Kinder, schau sie dir nur an, sind sie nicht wunderschön?"

Und da drängten sich schon etwa 30 niedliche Elflein um mich her und fingen an mich abzuküssen. Vor lauter Elfen-Mündchen bekam ich fast keine Luft mehr. Außerdem kitzelten ihre Flügel mich wieder an der Nase, wovon ich ja schon aufgewacht war.

„Und wer sind alle die anderen Elfen?", fragte ich Silvi.

„Das hier sind Älfi, Sabi und Lora, meine Lieblingsschwestern. Jede von ihnen hat etwa genauso viele Kinder wie ich. Und auch das sind alles Kinder von dir. Und guck da, die 30 da drüben, das sind die Kinder meiner Mutter. Weil Mutter unsere Kinder so süß fand, hat sie sich uns angeschlossen und hat jetzt auch etwa 30 Kinder von dir."

„Moment mal", sagte ich etwas atemlos, „heißt das, ...

„Ja, das heißt es!", jubelte Silvi. „Du hast mit uns fünfen zusammen ganz viele süße Kinderchen gezeugt! Wir sind sehr zufrieden mit dir!"

„Zirka 150 Elfen-Kinder", sagte ich erschüttert, „und ich habe nichts davon mitbekommen!"

Jetzt war kein Halten mehr; alle Elflein, die sich noch im Hintergrund gehalten hatten, drängten ebenfalls zu mir ans Bett und begannen mich abzuküssen, dass ich meinerseits mit Umarmen und Küssen gar nicht nachkam. Dann ließen sie wieder meine Frau Silvi zu mir durch und meine – ja, wie soll ich sie eigentlich nennen? – Geheim-Frauen, also Älfi, Sabi, Lora und Mutter Blume. Und sie alle küssten und umarmten mich, und dann landeten wir wieder unter der Decke und liebten uns und kosten und schleckten, dass ich mich vom Alter her wie 14 und gar nicht wie 70 fühlte. Doch das dauerte dann nur bis Mitternacht …

Als ich um Mitternacht wach wurde, hatte ich gerade Silvi im Arm. Da meine Nachttischlampe noch an war, sah ich alle die goldigen Gesichter um mich herum und freute mich an ihnen. Doch Silvi sah so ernst aus, dass ich sie fragte, was denn los sei.

„Du weißt es nicht, oder?", fragte sie zurück.

„Was soll ich wissen?", wollte ich wissen.

„Was es für dich bedeutet, dass du uns wieder siehst", antwortete Silvi.

„Nein, das weiß ich nicht. Was bedeutet es denn? Dass ich endlich aufgewacht bin?"

„Ja, das auch. Aber es bedeutet vor allem, dass du am Ende deines Lebens angekommen bist."

„Moment mal", sagte ich entsetzt, „heißt das, ich sterbe bald?"

„Ja, morgen", sagte Silvi. „Das ist ja der Grund dafür, dass du uns wieder sehen kannst."

Ich gebe zu, dass ich derart erschüttert war, dass mir die Tränen kamen und übers Gesicht ins Kissen liefen. Silvi tröstete mich, so gut sie konnte: „Das erscheint dir nur deswegen so schlimm, weil du es nicht kennst", sagte sie, „du brauchst es nicht zu fürchten."

„Warum, was passiert denn, wenn ich sterbe?", fragte ich.

„Du lebst dann verschiedene Leben zugleich, nur halt anders."

„Erkläre mir das bitte genauer, ich verstehe es nicht", bat ich sie.

„Ich wecke geschwind meine Mutter, die kann es dir besser erklären als ich. Mama! Du, ich habe Peterle gerade gesagt, dass er morgen stirbt. Er kennt das noch nicht und möchte es genauer beschrieben bekommen."

Silvi rutschte zur Seite, und nun hatte ich Blume neben mir.

„Das, was da geschieht, ist so schön, dass du darüber nicht zu weinen brauchst", sagte sie und nahm mich fest in den Arm. „Wenn du stirbst, dann trennt sich das zusammengesetzte Ganze, das du seither mit dir herumschleppst, wieder in die einzelnen Wesen auf. Dein Leib zerfällt, das weißt du ja. Dein Leben wird dadurch vom Leib frei und kann in deiner bisherigen Gestalt und Lebensweise so lange mit uns weiterleben, wie wir das wollen. Mit deiner Empfindung ist es ähnlich, nur kenne ich mich damit nicht so gut aus. Allein dein Wesenskern, dein Ich, das verlässt uns und geht weiteren Erlebnissen und Entwicklungen entgegen, doch kann es mühelos und fast ohne Einschränkungen die Verbindung zu deinem Leben und zu deiner Empfindung aufrechterhalten."

„Und was geschieht, wenn es diese Einschränkungen nicht haben soll?", fragte ich.

Blume lächelte: „Dann löst sich dein Leben innerhalb von drei Tagen gestaltlos auf und geht in den Schoß der Großen Mutter zurück. Auch das ist kein Grund zum Weinen."

„Wie schlimm wäre das für euch Elfen?", fragte ich.

„Wir fünf Ehefrauen sind schon so fest mit dir verbunden, dass wir für Elfen fast etwas zu persönlich geworden sind. Würdest du uns entzogen, so könnten wir nicht mehr wie bisher weiter leben, wir würden uns ebenfalls auflösen."

„Und empfindet ihr keinen Abschiedsschmerz, wenn ihr all das Liebgewordene zurücklassen müsst?"

„Doch, ein bisschen schon, aber nicht, weil das für uns normal wäre, sondern weil wir durch den langen Umgang mit dir zu viel Seele abbekommen haben."

Während sie noch sprach, hörte ich vom fernen Münsterturm die Glocken schlagen: Viertel vor sechs. Noch eine Viertelstunde, und die Glocken würden den Morgen einläuten, einen Morgen, der kein Morgen mehr hätte. Ich konnte nicht anders, ich musste wieder heftig weinen.

Ich nahm alle meine Lieben noch einmal in die Arme, und meine vier Elfenfrauen riefen unsere 150 Elfenkinder auch wieder herbei, die ich ebenfalls küsste und umarmte.

Während ich noch Abschied nahm, läuteten die Kirchenglocken meinen letzten Tag ein. Die Sonne stieg über den Rand des Horizonts, und der ganze Himmel färbte sich rot und orange und gelb.

NAMEN

Frau Blume Flusenfreund, Silvis Mutter mit
20 Ehe-Elfen und 2.500 Kindern, 3.000 Enkelkindern

Silvi
Älfi, Sabi und Lora, Schwestern von Silvi
Terpe, 1. Tochter von Silvi und Peter
Perlete 2. Tochter von Silvi und Peter

Einige Brüder:
Griffel, Staubblatt, Knospe, Birkenflügel, Ulmensamen, Libellenreiter, Halmdreher, Gischttropfen, Wegerich, Eisenhut und Vogelbeere

Einige Schwestern:
Eberesche, Hagebutte, Blütenblatt, Schlehbeere, Traubenkirsche,
Iris, Odermennige, Tränenherz, Hasel, Weißdornblüte, Schneeballe-
rina, Adlerfarn

Frau Eulalia Hackelhick, diplomierte schwarzmagische Dorfhexe
(„Fitzliputzli!")
Zauberer Hugohuck Kaiman („Kukahunka!" „Quitzliputzli!")
Zauberer Kinntopp Pampe („Alle sieben Rüben!")

Smilltilk = Smalltalk bei Magiern

Steinschlag, Graubündner Bergtroll
Bumm, süddeutscher Verkehrsunfalls-Troll
Feuerknucker, Schottischer Wasserdrache

Die Eingeweihten:
eine Dänin, Anna
eine Chinesin, Wang
einen Schwarzafrikaner Mikola
einen Malaien, Sieela
eine Indianerin, Takalawi

Angriffsplan des Zauberers:

1. Einsatz von Schadzauber: **Bummschlag-Beschwörung,** dann und zugleich:
2. Einsatz von **7 magischen Krampf-Drachen** (aus der Fauleier- Kategorie),
3. zugleich **2 Fitzliputzli-Elfenfänger;** mit deren Hilfe:
4. **Elfenkönigin gefangen setzen und zum Loch Ness bringen. Dort** 2 Lokalifix-Dampfwalzer schon bereit halten!

Schauplatz in Schottland:
Nordufer des Loch Ness bei Dochgarroch an der A 82

Bei tredition sind weitere Bücher von Michael Duesberg erschienen:

Weihnachten – geheimnisvolle 13 Nächte und ein uraltes Fest. Märchen, Sagen, Sprüche und Lieder, die schon dem vorweihnachtlichen Julfest zugehörten. Und immer wieder die nicht mehr vertrauten Gestalten von Luzia, Frau Holle und Frau Perchta mit ihren heimlichen und unheimlichen Begleitern und dem spukhaften Gefolge der Natur- und Hausgeister. Ein Brückenschlag zwischen uralter Naturmagie und modernem Bewusstsein. Anregungen zur Durchdringung und Intensivierung heutiger Festgestaltung mit einem Anhang von Vorschlägen zum Feiern mit Kindern.

ISBN   978-3-7323-3309-6 (Paperback)
   978-3-7323-3010-2 (Hardcover)
   978-3-7232-3011-9 (e-Book)

Woher stammt die Dreieinigkeit der Göttin und was sagt sie uns? Wie unterscheiden sich deren Aspekte „Braut", „Mutter" und „Greisin" voneinander, und wo halten die Drei sich in unserer Kultur versteckt? Wo sehen wir die Mythologie der „Großen Mutter" in den späteren Kulturen patriarchalisch orientierter Völker durchblitzen? Der Autor folgt den Spuren der steinzeitlichen Göttin durch die germanische und keltische Kultur und findet sie auch in unseren Märchen, Sagen, Liedern und Sprüchen sowie in altem und jüngerem Brauchtum. Die Fährtensuche verändert alles und stellt Vorurteile bloß. Wer diesen Weg unbefangen beschreitet, wird am Ende des Weges ein Anderer sein!

ISBN   978-3-7323-3711-8 (Paperback)
   978-3-7323-3712-5 (Hardcover)
   978-3-7323-3713-2 (e-Book)

Dieses Buch ist ein Beitrag zum Erkennen unserer patriarchal gefärbten Lebenswirklichkeit und der hausgemachten Nöte der Menschheit! Der Autor entwickelt ungewohnte Gedankengänge zu fundamentalen Fragen der Menschheit: Fragen nach den Göttern, der Schöpfungsgeschichte und der Herkunft des Menschen. Die Ausführungen werden abgeleitet von Mythologien, Märchen und Sagen und sind untermauert durch Erkenntnisse aus verschiedenen Wissenschaftszweigen wie Anthropologie, Ethnologie, Biologie, Brauchtumsforschung und anderen. Die vorliegenden Ausführungen stützen sich auf die Ergebnisse moderner Patriarchatsforschung.

ISBN: 978-3-7345-0811-0 (Paperback)
        978-3-7345-0812-7 Hardcover)
        978-3-7345-0813-4 (e-Book)

In dieser Erd-Geschichte geht es um ein allgemeines Bekanntmachen geographischer, geologischer und anderer Tatsachen und um Anregungen zur eigenen Beobachtung. Es ist daher kein Lehrbuch im üblichen Sinne. Dass durch diese Art der Sachdarstellung jedoch mehr gelernt werden kann als mithilfe herkömmlicher Lehrbücher, soll nicht verschwiegen werden. Zudem befasst sich das Buch mit Bereichen und Fakten, die kaum irgendwo anders zu finden sind. Durch fiktive Dialoge zwischen Großvater und Enkel erhält der Lehrstoff zusätzlichen Pep, außerdem werden Erinnerungs- und Lerntechniken vorgestellt, die das Behalten von Lerninhalten radikal zu steigern vermögen. Dies kommt nicht nur den geologischen Angaben im Buch zugute, sondern kann fortan für alle Schulfächer oder Interessengebiete eingesetzt werden.

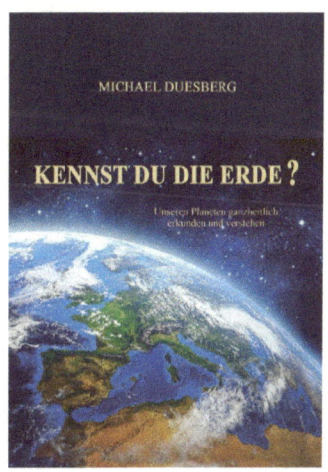

ISBN: 978-3-7439-5207-2(Paperback)
        978-3-7439-5208-9(Hardcover)
        978-3-7439-5209-6(e-Book)

In diesem Ratgeber schreibt der Verfasser über sechs verbaute Lebenswege, die es wieder freizuräumen gilt. Wege, ohne die wir nicht zu unseren Idealen und damit nicht zum Glück gelangen können. Dass sie „verbaut", von Hürden versperrt und mit Stolpersteinen und Fußangeln überzogen sind, ist noch nicht einmal jedem klar. Doch die Kenntnis dieser Wege und der dort lauernden Gefahren wirkt befreiend und lässt uns leichter mit den großen Problemen unserer Zeit umgehen.

Die Hauptkapitel des Buches befassen sich mit den Folgen des Patriarchats, dem Materialismus, dem Egoismus, den Lebenslügen und Illusionen, unserem Staat und Sozialleben und unserer grotesken Geldwirtschaft. Nach der Lektüre dieses Buches werden die Leser um etliche vermeintliche „Feinde" ärmer geworden sein, aber auch erkennen, woran sie wirklich arbeiten sollten. Mit diesem Knowhow lassen sich auch die Wege zum Glück wieder freilegen.

ISBN: 978-3-7439-1206-9 (Paperback)
        978-3-7439-1207-6 (Hardcover)
        978-3-7439-1208-3 (e-Book)

FSC
www.fsc.org

MIX

Papier | Fördert
gute Waldnutzung

FSC® C083411

Zeitfracht Medien GmbH
Ferdinand-Jühlke-Straße 7
99095 Erfurt, Deutschland
produktsicherheit@kolibri360.de